公元787年，唐封疆大吏马总集集诸子精华，编著成《意林》一书6卷，流传至今

意林：始于公元787年，距今1200余年

意林®轻文库

青春最美，梦想出发

中国式好看轻小说优鲜品牌

图书在版编目（CIP）数据

巨蟹座男友.八音霓裳.1 / 悦小喵著.--长春：北方妇女儿童出版社, 2018.5

（意林·轻文库.星梦男神系列）

ISBN 978-7-5585-2242-0

Ⅰ.①巨… Ⅱ.①悦… Ⅲ.①长篇小说—中国—当代 Ⅳ.①I247.5

中国版本图书馆CIP数据核字(2018)第077071号

巨蟹座男友·八音霓裳①
JUXIE ZUO NANYOU·BA YIN NICHANG①

出 版 人	刘 刚
总 策 划	安 雅 张 星
特约策划	师晓晖
责任编辑	吴 强 王 婷 孟健伊
图书统筹	糯米兔
特约编辑	宁 阳
绘 图	五千夜
书籍装帧	胡静梅
美术编辑	袁 萌
作家经纪	卢晓凤
开 本	880mm×1230mm 1/32
字 数	300千字
印 张	7
版 次	2018年5月第1版
印 次	2018年5月第1次印刷
印 刷	北京市兆成印刷有限责任公司
出 版	北方妇女儿童出版社
发 行	北方妇女儿童出版社
地 址	长春市人民大街4646号 邮编：130021
电 话	0431-85678573
定 价	25.90元

版权所有　侵权必究

如发现印装质量问题，请与印务部联系退换，电话：010-51908584

易川竞

星座：巨蟹座
年龄：20岁
身高：181cm
血型：O型
生日：6月30日

身份：计算机系大三学生，古风圈大神"东篱忘川"。

外貌：蜂蜜茶色的清爽发型，黑曜石般的眼眸，桃花眼，盐系风格美男。

喜欢的事物：音乐、古董、博物馆、书本、家人、黑白灰三色、原木家具，具有历史感及跟情感回忆有关的物品。

讨厌的事物：噪音、寒冷、杂乱。

喜欢的食物：咖啡、日系料理。

讨厌的食物：气泡饮料、油炸食物。

星座个性：外表开朗亲切，但内心深沉；像湖泊一样安静，像琥珀一样坚定；只对喜欢的女生温柔宠爱，360度无死角全面呵护，与其他异性保持距离。

能力：音控师

CONTENTS

(001) 楔 子

第一章
(003) 幽兰谱风波

第二章
(025) 曲韵回梦遇见他

第三章
(049) 走失花街的琴行主

第四章
(067) 萤之光

第五章
(087) 冥月子母琴

第六章
(105) 天鹅绒少女心

目录
CONTENTS

第七章
125 月兔地宫

第八章
141 假面后的大神

第九章
161 八音霓裳

第十章
179 凤鸣一曲震九霄

第十一章
195 意想不到的眼睛

211 **尾声**

215 **番外**
巨蟹蜜语·抓住自由不羁的风

楔 子

"魔镜啊魔镜,谁是这个世界上最美丽的人?"

"当然是您啦,我美丽的王后!"

奶声奶气的嗓音在礼堂里响起,几个胖墩墩的小朋友穿着漂亮礼服,在矮矮的舞台上表演着童话剧《白雪公主》,幼儿园园长和老师们站在一旁,看着玉雪可爱的孩子们,面带慈爱的笑容。

窗外春寒料峭,梧桐树的枝头已经长出了嫩绿的新叶,虽然气温还是很低,但这天是童心幼儿园筹备的舞台剧最后一次彩排的日子,无论是台上的小演员,还是台下的观众,都无比认真。在一排排系着小猪佩奇围兜的孩子中,蹲着一个穿咖啡色的牛角扣大衣的少女,她看起来十八九岁,脸圆圆的很可爱,浅褐色的眸子像两块漂亮的宝石,明亮清澈。她一边在小本子上不停地记录着什么,一边念念有词。

"猎人把白雪公主带进了森林中,他接到了王后的命令,要杀掉白雪公主。"

一个扎着粉色蝴蝶结的小女孩站在舞台边,稚气地念着台词。她长得很可爱,大眼睛忽闪忽闪的。这个小女孩名叫楚楚,她才五岁就已认识很多字,上过市里《天才宝贝》的电视节目,是童心幼儿园"小明星"。不过在这次幼儿园的舞台剧彩排中,楚楚表现得比上电视还紧张,没说几句词就开始磕巴。

"可是面对她那双……那双……"

楚楚的小脸涨得通红,老师们有心提醒,但想想这已经是最后一次彩排了,还是决定耐心等着,想让楚楚自己回忆起来。

"怎么还不继续呀?"

"就是!老师,我想吃薯片!"

过了好一会儿,台下的小朋友开始骚动,有的闹着要零食,有的站起身要去厕所。楚楚看着台下乱成一团的小朋友,眼睛瞪得老大。

做着笔记的少女看不下去了,她小声提醒:"下一句是,那双琥珀般的大眼睛。"

"啊!"楚楚捏住裙摆,慌里慌张地接着背道,"猎人面对白雪公主那双琥珀般的大眼睛,却怎么也下不了手,然后……然后……"

楚楚再一次卡壳了。这一次,台下的嬉闹声盖过了做笔记的少女的提示。楚楚怎么也听不清,气得"哇"的一声大哭起来,哭声惊天动地,吓得少女手中的本子都掉到了地上,她连忙安慰:"你……你别哭啊!"

"楚楚!没事没事,我们休息一下再继续啊……"老师赶紧跑上台,抱住楚楚哄了起来。

有顽皮的小男生见状拍手起哄起来:"楚楚是个大哭包!羞羞脸!"

"呜哇哇!"

场面顿时更混乱了,童心幼儿园的礼堂里闹成一片,眼看着舞台剧彩排不成了,幼儿园园长走到少女面前,拍拍她的肩:"小月,回去吧,你在这儿,楚楚更加紧张了。"

"可是……"少女不甘心地看着楚楚。

"回去吧。"园长叹了口气,"她还是个五岁的孩子,你说要观察她来写小说,她昨天一整晚都没睡好,我们幼儿园要对孩子负责,不能给她太大压力了。"

听到园长这么说,少女眼里的光彩暗淡下来,看着哭泣的楚楚,她只得点了点头。

"好吧……我知道了。"

第一章

幽兰谱风波

1

一阵风吹过,一片树叶打着旋儿从梧桐树上掉落,走出童心幼儿园的大门,少女愤怒地仰起头,无视路人怪异的目光,大吼出声:"啊!我只是想写个小说而已,就这么难吗?"

发泄完自己的情绪,她从口袋里掏出一部粉蓝色的可爱手机,拨了一通电话:"小竹!呜呜……我的小说,又泡汤了!"

这位倒霉的少女名叫藤月,是中北科技大学历史系大二学生,平时的爱好就是在网站上写写小说。然而说实话,她的文笔虽然很优美,常常被编辑夸,小说情节却烂得不行,经常被读者吐槽还不如地摊上十块钱三本的小说。

最近藤月构思了一本新书——《天才萝莉》,因为自己的网文成绩一直很差,于是她打算来童心幼儿园寻找灵感,以"小明星"楚楚为原型,来创作自己的主人公。

可没想到……

"所以你惹哭了台上的小演员,被老师'请'出了幼儿园?"

十分钟后,坐在藤月对面的女生发出了银铃般的嘲笑声:"哈哈哈!藤月你这倒霉鬼,这都是这个月第几次啦?"

"许筱竹!难道我们之间的友情是塑料做的吗?"藤月可怜巴巴地看着她,"不安慰我也就算了,我请你喝奶茶,你还要嘲笑我!"

"哈哈哈!"许筱竹笑得更厉害了,她头上振翅欲飞的玉蝶簪子随着身体晃动,让人担心会不会掉下来。

《天才萝莉》的构思还没开始,就"胎死腹中",藤月郁闷地打电话给好朋友许筱竹,请她去"喵萌星球"喝奶茶。"喵萌星球"是一家装潢粉嫩可爱的奶茶店,因为被人拍到门前两只猫咪懒懒地躺在窝里舔爪子而走红,最近在学生中很有人气。此刻,店里一大半人的目光,都落在了这两个漂亮女生身上。

许筱竹是藤月的大学室友,也是中北科技大学里古风社团"蒹葭"

的社长,她爱好穿古装,不但自己穿,有时候也会拉上藤月一起。今天,她上身穿了一件碧青色的对襟外袄,下身搭配一条颜色鲜艳的红色襦裙,走起路来裙边环佩叮当;脖子上系着一条毛茸茸的白色围脖,衬托得一张脸白嫩小巧;可爱的包包头上插着一支清透如玻璃的玉蝶簪,古色古香又活泼可爱,别有一番韵味。

藤月喝了一大口奶茶,沮丧起来:"小竹,你说我会不会不适合写小说啊?都写了三篇了,要不就是没人看,要不就是被人骂写得烂,我觉得自己好失败……"

"才不是呢!你明明很有才华的!"许筱竹赶紧安慰她,"高中时,你可就拿了新人奖呢!当时可是轰动了全校啊!"

藤月咬住嘴唇,高中时她一时兴起,在网上写了一篇文章,没料到却获得了萌芽杯新星奖,还被现在的编辑诸葛千兔看中,邀请自己来写网络小说。可是时间过去了三年,她虽然还在坚持写稿,作品却越来越差……藤月不明白,到底哪里出了差错呢?

"哎呀,你别太烦心了,写小说又不是一蹴而就的事。给你听一首很好听的曲子吧,换换心情!"

受不了好闺蜜垂头丧气的样子,许筱竹赶紧打开自己手机里的珍藏视频,还贴心地替藤月戴上了耳机:"听听,东篱大神的音乐真的很棒,说不定你听完就有灵感了呢?"

"又是什么古曲吗?"

藤月无奈,许筱竹的爱好和自己所认识的大部分女生都不太一样,她热衷于所有古风的东西,包括喜欢的音乐类型也都是古韵十足的古琴乐、琵琶乐。

耳机里传来悦耳清丽的旋律,犹如泉水叮咚,又如俏皮的少女在自家小院里敲着棋子与竹马嬉戏,这活泼的曲调一下子就抓住了藤月的耳朵。几段上扬的小调过后,优美的钢琴曲流淌而出,一瞬间仿佛皓月当空,银光泻满地,让人心头染上了淡淡的哀愁与怅然,好像两个有情人

被迫分开；紧接着，幽幽的笛声响起，笛声如泣如诉，似乎在倾诉着无限的思念与痛苦，深邃而悠远……

听到最后，藤月的心里涌动着酸涩的情绪，就连鼻尖也有点儿酸，不由得喃喃："此时相望不相闻，愿逐月华流照君……"

"没错！这首曲子的名字就是'逐月'。"

看着藤月的表情，许筱竹得意地弯起了嘴角："怎么样？很好听吧？这可是东篱大神的新作，今天凌晨刚发布的！"

"东篱……忘川？"藤月看着手机里"作曲人"那一栏，好奇地问，"他很有名吗？"

"那还用说？"说到自己的偶像，许筱竹立马激动起来，"他不但是很厉害的作曲家，还是配音界的男神，东篱大神的声音可好听了！对了，他还上过偶像综艺节目，打败了当红偶像小生，拿了大奖！东篱大神就是我们古风音乐圈的骄傲！我举办蒹葭古风社，也是受到他的影响！"

"你偶像真的很厉害，他做的音乐能激发别人的创作灵感！"

这一次藤月心服口服，这还是她第一次有这种感觉，在听到音乐的时候，脑海中自然而然地浮现出一幅幅奇异的画面，灵感从心底如同泉水般被激发出来。只不过短短的几分钟，她甚至在心中勾勒出了一个白衣胜雪、气质出尘的古装美男形象。

藤月掏出自己的手机，赶忙关注了东篱忘川的微博账号，随后发现他微博的粉丝多得惊人："哇！他居然有五百多万粉丝！"

接着，她注意到东篱忘川的头像，忍不住"咦"了一声。照片上的人轮廓清俊，却戴着一副银色面具，只露出一双深邃幽黑的眸子，他的目光带着拒人于千里之外的冷峻，却仿佛能看到别人的内心深处。

"东篱大神很帅吧？"许筱竹略带得意地说，"他真的很神秘，从来不在别人面前露脸，因此根本没人知道他长什么样，但是光看露出来的部分，就知道他一定是个大帅哥！"

说着,许筱竹打开手机给藤月发了一连串的音乐集锦:"这些都是东篱大神之前创作的曲子,回家一定要听噢!说不定会有更多灵感!"她边发还边念叨,"这个月底,市音乐厅要举办一场'曲韵回梦'的音乐会,听说东篱大神也会参加。"

"真的吗?"藤月的眼睛"噌"地一下亮了,"那我请你去看吧?"

"我也想啊!"许筱竹漂亮的脸上露出一丝遗憾,"可惜,票太难买了,我特地定凌晨的闹钟都没抢到。"

霎时,藤月也跟着沮丧起来。

是啊,像东篱忘川这种级别的大神,想看他现场演出的粉丝肯定非常多,抢不到票也是正常的……

她什么时候才能像他那样,拥有那么多喜爱自己的粉丝呢?

回到家打开电脑,很快,藤月就把原本沮丧的心情抛到了脑后。

东篱忘川的音乐真是太厉害了!听着他的《逐月》,她的脑海中源源不断地涌出灵感,不过短短一天时间,就在电脑上"啪嗒啪嗒"地敲了一万多字,直接写完新的故事构思,中途压根没停下来过!

直到爷爷喊她吃饭,藤月这才感觉到肚子饿,她抬起头看看窗外,不由得咂舌。

"哇!怎么就天黑了?"

明明和小竹分开时还是中午啊!

藤月看着自己电脑屏幕上满满的字,心中感到无比满足与自豪。东篱忘川的音乐真是太神奇了,听着音乐,她就不知不觉彻底进入了小说的世界中,一个个鲜活的身影就这样被勾勒出来。她仿佛因为音乐而插上了想象的翅膀,为自己创造出来的故事而欢笑、落泪……

这样文思如泉涌的感觉,她还是第一次遇到,感觉太神奇了。

第二天一大早,藤月就把自己的最新构思发给了编辑诸葛千兔,还给她留言推荐了东篱忘川的新歌,之后便开始忐忑地守在电脑前,等待着编辑的回复意见。

这时,她的手机响了起来。

"喂?小月!"电话里传来一个清亮悦耳的男声。

来电的人是蒹葭古风社的成员泉玖,比藤月大一届,还没等藤月开口,他就兴奋地大喊起来:"小月,你一直在找的《幽兰调》有消息啦!"

"真的?"顾不上寒暄,藤月连忙问,"在哪儿?"

"我刚刚在一个卖二手书籍的网站上,发现琳琅琴行的老板今天早上把它挂到了这个网站上出售,"泉玖热心地说,"我在发现的第一时间就用你的名字下了订单!你快去拿吧!"

"太好了!谢谢学长!"藤月又惊又喜。

她这两天也太幸运了吧!

第一章 幽兰谱风波

藤月找《幽兰调》已经好几年了，这是一本从两千年前流传下来的珍贵古琴谱，原本据说已经流落海外，现在国内仅有几本拓印版本，虽然售价不高，却十分稀有。藤月的爷爷是著名的古琴大师，他也只是年轻时在同窗家里见过一次，之后多年来都再无缘得见，于是这本琴谱也成了藤爷爷的一块心病，有时候就连在睡梦中也会念叨。

本来，藤月对找到《幽兰调》送给爷爷这件事不抱希望了，可没想到上天居然把曲谱送到了她的眼前！藤爷爷的八十大寿就在两天后，按照惯例，他的生日宴一定热闹非凡，届时会有许多音乐界的名流前来参加。她正好可以将《幽兰调》当作爷爷的生日礼物。

按照手机地图上的指示，藤月马不停蹄地来到位于市中心的琳琅琴行——它的外表很气派，朱红的琉璃屋脊，檐牙高啄，门口屹立着两尊憨态可掬的貔貅瑞兽石像。不过这样一间古色古香的琴行，却诡异地开在仙后市最繁华的商业地段，毗邻美食风情街和游乐场。

"老板，我来取琴谱。"

藤月一脚踏进琴行，发现大厅正中间摆了一扇玉石屏风，清雅明澈，屏风前的桌子上放着的一碗茶还在袅袅冒着热气，屋内却半个人影都没有。

她绕过玉屏风，立马觉得自己仿佛来到了另一个世界。玉屏风后的家具皆是中式仿古样式，还立着一口乌青大缸，里面养着几尾红色锦鲤，活泼中又有宁静。乌青大缸旁，一个身形挺拔的男生正俯身看鱼，驼色大衣随意地搭在他的手臂上。她还没来得及多看几眼，穿着长衫的店员就从柜台后面转了出来，递来一本书。

"客人，这是你订的《幽兰调》。"

男生直起身，伸出修长洁白的手正要接过，然而冷不丁被旁边行如旋风的女生抢了过去。

"真的是《幽兰调》！"藤月翻着书，不敢相信，"这是我预订的

啊！你怎么能卖给别人？"

"等等，等等！"店员听到藤月的话惊出一身冷汗，"这书明明是这位客人预订的啊！这位小姐，您是不是弄错了？"

"不会啊！"藤月顿时急了起来，她从手机里翻出泉玖发来的订单号，"你看！订金都付过了。"

"请稍等，我去核对一下订单。"店员接过手机，转身离开了。

在等待的空隙，藤月抬起眼睛瞥了一眼旁边的男生，蓦地呆住了。男生长得真的很好看，如玉般的脸温润白皙，眉眼狭长，鼻梁高挺；柔润的嘴唇饱满优美，唇角微微上翘，因此即使没有表情，也看上去像在淡淡微笑；鼻梁上架着一副黑框眼镜，目光中带着一丝疏离。

男生察觉到藤月的目光，侧过脸回看她，不知道为什么，她的心突然"怦"地乱了一拍，霎时惊慌地错开了目光。

不多时，店员回来了，他满脸愧疚地对藤月说："小姐，由于网站出了故障，所以在这本书上架的时候，你们二位都下了订单，也付了订金，因此网站现在默认为二位的订单都有效……"

"还有这种事？"

藤月瞪大眼睛，男生也蹙起眉头，露出不赞同的神情。

"对不起！实在是不好意思！"店员为难地看看藤月，又看看男生，"可是现在情况就是这样，要不您二位商量一下，看看谁愿意取消订单？我把钱退给您。"

"凭什么？我要的是书啊！"藤月立马进入战斗状态，"我不能让。"

"抱歉，我也不能接受退款的建议。"男生也出声拒绝道，他的声音低沉淳厚，既有少年的清朗，又有青年的沉稳。

这……这也太好听了吧！

藤月不由得眼睛一亮，萌生退让之意，不过想到爷爷的心愿，她立马又变得"铁面无情"起来："这位同学，这本书对我来说很重要！能不能请你让给我？我可以出双倍价格！"

"这本书,我也是为别人寻找的。"没想到男生也十分坚持,"出多少钱我都不能让,对不起。"

藤月看着男生温润如玉的脸,气不打一处来……怎么会有这样的人?看起来倒是彬彬有礼,态度温和,可竟然寸步不让!

"怎么了?"

两个人僵持不下,店员只好请来了老板,老板从藤月手里拿过《幽兰调》,满脸堆笑地自我介绍:"小姐,我是这家琴行的老板林朗,发生了什么事?"

藤月气势汹汹地把事情讲述了一遍,林朗听完点点头,站到她和男生中间:"有话好好说,不要吵架嘛。"

"我又没有吵。"男生无奈地耸耸肩。

"我……"藤月不甘示弱地想说自己也没有吵,但看着年轻的琴行老板满脸堆笑的样子,她脑子里忽然闪过一道白光。这家老板是个帅气的青年,脾气也很好的样子……

她有办法了!

不过,这个办法有点儿丢脸,到底该不该用呢?

林朗打开手机:"我刚刚在后台查了订单记录,这个问题很好解决嘛,只要查一查是谁先下的订单,这本琴谱就归——"

他的话音还没落,忽然就见面前的少女蹲了下来,藤月猛地抱住他的腿,开始号啕大哭。

"呜呜呜!叔叔,叔叔你好惨啊!"

"等……等等……什么叔叔?"林朗吓了一跳,"你先起来,我们有话好好说!"

这个女生长得挺干净可爱的,别不是个傻子吧?

林朗手足无措地想要拉起藤月,可她就像是被粘在地板上似的,一动不动。男生推了推眼镜,黑曜石般的眼里掠过一丝讶异。

"我……我找这个谱子找了十年了!"藤月暗暗地狠掐了自己的大

腿一把，眼里瞬间疼出了泪花，"呜呜呜，我从小被人虐待，是音乐家叔叔收养了我！他……他患上了重病，躺在医院已经很久了，叔叔说他最后的心愿，就是亲手摸到《幽兰调》！"

这声泪俱下的表演，把林朗和男生都看呆了。藤月蹲在地上，越演越入戏："我没日没夜地打工攒钱，就是为了给叔叔买他最喜欢的琴谱……好不容易才凑够钱，求求你！不要夺走我最后的希望！如果这个社会这么冷漠，我也不想活了！"

"我这不是还没说什么吗？"林朗动了恻隐之心，"唉，你还是快起来吧！人生的路还很长啊，你不要轻易地放弃希望。"

"那你不会夺走我的希望的，对吧？"

没想到藤月居然熟练地接上了话，林朗为难地瞥了一眼男生："阿川，要不……你让给她算了？"

男生不置可否地挑了挑眉，见藤月已经重新抱住了林朗的大腿，他终于忍不住弯了一下嘴角。

"我冬天给人家洗碗打工，"趁两个人都没反应过来，藤月颤抖着手递过银行卡，"你看我的手都长冻疮开裂了！呜呜呜，老板，我真的很想买这本《幽兰调》，你看看啊！"

"好好好，卖给你，卖给你！"

听了这个让人潸然泪下的故事，林朗脑子一热答应下来，说完以后忽然意识到什么，惴惴不安地瞥了一眼男生，见男生没有反对，这才稍微安下心来。

"谢谢老板！你真是个大好人！"藤月感激地道谢。

刷完卡，藤月抱着包好的《幽兰调》，心满意足地离开了琳琅琴行，留下面面相觑的两个人。

"这位小姑娘真厉害……"林朗摇摇头，愧疚地看向男生，"阿川，我刚刚看了一下订单，确实是你比那位藤小姐先订下的琴谱，你是要买来送人的吧？真是对不起了。"

"放心,"男生的俊颜上浮起一抹微笑,"我本来也没想到这个时候《幽兰调》会有货,早就做好了第二手准备,送人的礼物已经准备好了。"

"那就好。"林朗松了一口气。

"她居然也姓藤吗?"男生的目光看向藤月离开的方向,仿佛发现了什么有意思的事一样,他的眼里掠过一道饶有兴致的光。

两天后,藤月和许筱竹一起从宿舍出发,前往仙筑雅乐国际酒店参加藤爷爷的生日宴会。

藤月特地穿上了一条白色连衣纱裙,脖子上的珍珠项链发出柔润的光,衬得她的肌肤如牛奶般丝滑白皙,一双浅褐色眼睛犹如澄澈的宝石,流光溢彩。许筱竹穿得也很隆重,青玉色的中式小礼服上绣着精美的云纹,勾勒出她纤合有度的玲珑身形,她手里拎着一只贝壳造型的小包,俏皮又可爱。

两个人手挽手走到酒店大门前,刚要进去时,忽然背后传来一道清亮悦耳的男声。

"小月,等一等!"

一个高大清瘦的男生叫住了藤月,他眉目疏朗,五官斯文秀气,穿着一身灰色休闲运动服,和盛装打扮而来的宾客们格格不入。

藤月转过身,露出了惊喜的笑容:"泉玖学长?谢谢你帮我订到《幽兰调》!我爷爷一定会很高兴的!"

说着,她把怀里包好的琴谱举起来给泉玖看。

泉玖扯了扯嘴唇:"那就好。"

见泉玖一脸欲言又止的样子,许筱竹识相地咳嗽一声:"那个什么……我先进去啦!你们慢慢聊。"

藤月眨眨眼睛,看着许筱竹离开的背影,随即问道:"学长,你怎么不进去?"

"那件事以后……你爷爷还好吗?"泉玖露出一个有点儿苦涩的笑容。

他的声音十分犹豫,带着小心翼翼的味道,然而藤月的脸色还是一下子变得苍白。

那件事……

藤月和泉玖从小一起长大。藤月的父母是科学家,在她很小的时候

就离开家进行保密的科研项目,平时很少回来。藤月和爷爷生活在一起,平日里一直受到泉玖的照顾,将泉玖当作亲哥哥。然而三个月前,发生了一件影响恶劣的大事。

三个月前,是藤月的爷爷藤仲踏入古琴音乐界的五十周年,他向彗星文物馆提出借镇馆之宝"冥月古琴"的请求,来举办一场音乐会。泉玖的父亲正是彗星文物馆的馆长,他知道藤爷爷爱琴成痴,就答应了这个要求,出借了这把琴。不料在音乐会举办的前一晚,冥月古琴突然不翼而飞!

一时间,所有的媒体记者蜂拥而来,虽然警察说明了藤爷爷没有监守自盗的嫌疑,但很多人认为是藤爷爷保管不力,才导致文物丢失,纷纷指责他。藤爷爷为人十分正直清高,他一时之间受不了这么大的打击,当场高血压发作晕倒,在医院休养了两个多月才出院。

泉玖拿出一个包装精美的礼盒:"小月,我……我本来的确应该进去,亲自替藤爷爷祝寿的,可我怕他看到我受刺激……今天就不进去了,你替我跟藤爷爷说一声,祝他生日快乐。"

"学长……"

藤月愣愣地接过礼物,泉玖学长是一番好意,可也正因为这样,她的心头才像是打翻了五味瓶,说不出是什么滋味。古琴失窃事件,也牵连泉玖的父亲泉馆长,因为是他做主把冥月古琴借出的,所以也受到了很多指责。

藤爷爷生病过后,身体和心态大不如前,藤月偶尔半夜醒来,都会看到他对着自己的古琴唉声叹气,所以她才那么努力地想要搜寻到《幽兰调》送给他,好让他开心一下。

走进生日宴会厅,藤月的好心情也消失得无影无踪,原本每年都座无虚席的宴会厅,居然稀稀拉拉只来了几个人,宴客台上精心准备的蛋糕和牛排都无人享用,服务生也很清闲地三三两两站在一起聊天。

许筱竹迎了上来,漂亮的脸蛋上满是气愤:"太过分了!这些人真

是势利眼!以前藤爷爷的生日会他们都是眼巴巴地往上蹭,现在因为几篇不符实际的报道,全都不敢来了!"

"不怪人家,这也是人之常情。"藤月黯然。

爷爷曾经说过,不可以被名利遮住眼睛,趋炎附势的人会在你出人头地时捧你,但这也是烈火烹油,等到你从云端高高跌落,他们也只会站在一旁看热闹。

她担心爷爷看到这种场面还是会忍不住难过,目光扫过全场,寻找起爷爷的身影来。藤爷爷正站在宴会厅的角落里,和别人聊天,看起来精神不错的样子。他脸上挂着灿烂的笑容,显然被逗得很开心。

"爷爷,你看这是什么?"藤月跑到爷爷身边,捧出怀里的《幽兰调》。

藤爷爷立马瞪大眼睛,露出不可思议的神情,他从口袋里摸出一副老花镜戴上:"《幽兰调》?"

"果然是《幽兰调》,这个工尺谱……我年轻的时候看到的就是这个!"藤爷爷迫不及待地拿起书翻看起来。

"是吧?"看到爷爷兴奋的样子,藤月的心里也像喝了蜜一样甜,"我可是找了很久才找到的呢!"

"真的?谢谢小月,你真不愧是我的孙女!"

"您也是最好的爷爷呀!"

听着这祖孙俩的互相吹捧,旁边的人忍不住咳嗽了一声,这才把藤爷爷的注意力拉了回来。

"对了,小月,"藤爷爷回过神来,乐呵呵地介绍道,"来认识一下,这个是川竞。他父亲是我的琴友,水平很厉害的!"

藤月扬起大大的笑脸,可下一秒笑容就僵在了脸上——

这……这不是两天前,她在琳琅琴行遇到的那个男生吗?

男生双手抱着胸,居高临下地看着她,白皙如玉的脸上露出一抹笑容,如谦谦君子。然而藤月的脑海里却霎时浮现出爱德华·蒙克所绘的著名油画《呐喊》的画面，脑袋里"砰"地一下炸开，一片空白！

"你好，我是易川竞。"易川竞狭长优美的眼睛里露出点点笑意，不但没有揭穿她，反而礼貌地伸出修长洁白的手，"本来我也想找到《幽兰调》作为礼物送给藤老的，可这本曲谱实在太难找了，还是你厉害。"

藤月的脸一下子涨得通红，没想到，易川竞跟她抢《幽兰调》也是为了送给爷爷，相比之下，她编的那个乱七八糟的故事简直太可笑！

苍天啊……这是何等的孽缘！

她胡乱和易川竞握了握手，支吾着回应了几句。

藤爷爷眉开眼笑地拍了拍易川竞的肩膀："你送我的白玉琴的琴音清冽，也是珍品啊！这两件礼物我都喜欢，都喜欢！"

这时宴会正式开始了，一位穿着天青色中式大衣的青年走到台前坐下，开始抚琴。他的皮肤白皙，五官精致，特别是一双清澈含愁的眸子，比女生还要秀美。他手下的古琴洁白如玉，流线型优美的琴身既富有现代设计感，弹奏出的曲调也不失古韵风雅，铿锵有力。

"是《踏莎行》？这是藤老的成名曲啊。"

"没想到时隔多年，也能听到他弟子的演奏。"

"是啊，这可是当时惊艳整个古琴界的古曲新编，现在想想，真的好多年过去了……"

在宾客们充满怀念的议论声中，藤月松了一口气，趁爷爷的注意力被吸引过去的空当，偷偷溜到了已经入席的许筱竹身边坐下。

"小月你来啦？"许筱竹撑着下巴，陶醉地看着台上的青年，"好几个月不见，柳昉哥还是那么帅。"

"你又来了……"藤月摇摇头。

台上演奏的青年叫楚柳昉，是藤爷爷几年前收的小弟子，这几年他一直寄住在藤月家，现在在中北科技大学读研究生。他不但在古琴造诣上十分有天赋，性格也非常温柔。藤月从初中到高中这段时间受到了楚柳昉不少照料，藤爷爷每次把饭烧煳时，她就会跑去求助他，这么多年

过去,她心中早就把他当成了亲人。

"我要换成你,每天对着柳昉哥那张脸——"许筱竹瞥了藤月一眼,话音还没落眼睛就直了,她推了推藤月的胳膊,压低声音,立马换了话题,"喂喂!你左边那个男生比柳昉哥还帅!"

"嗯?"藤月莫名其妙地转过头,一秒之内又猛地把头扭了回来。天哪!易川竟什么时候坐到了她的身边?

"好帅啊!啊啊!他的眼睛真好看,手也好好看!"许筱竹还在发花痴。

藤月紧张地小声呵斥:"别喊了!好丢脸!"

"哪里丢脸,以前也没见你阻止我啊……"

听到许筱竹的嘟哝,易川竟好像从喉咙里发出了一声低笑,藤月顿时想找个地缝钻进去,只觉得自己好像被夹在冰与火的中间,无比煎熬。

《踏莎行》的演奏到了中间部分,如泣如诉的琴音渐缓,在一小段沉寂过后,楚柳昉骤然改变了拨弦的动作,从抹到挑,行云流水般的动作让在场的宾客们赞叹不已,然而就在一个小节的最后一个音调,青年修长如葱的手指忽然停顿了一下,秀美的眉毛也微微蹙起,接着又很快继续弹奏下去。

"柳昉哥哥怎么了?"藤月虽然不懂琴,但和楚柳昉一起生活了这么多年,她对他的一举一动都特别熟悉。看到楚柳昉的神情变化,她不由得一愣。

"他刚刚弹错了一个音。"

耳畔传来易川竟的点评,藤月不由得一愣:"你听得出来?"

"我父亲是制琴的,所以我会一点儿,《踏莎行》这一段,讲述了作曲者的心境变化。"易川竟的声音十分轻柔,见解却一针见血,"这位作曲者生活在古代,曾经祖祖辈辈都是大官,他却屡考不中,所以才会愤怒、不甘……而这一段,是作曲者看透世事,决定重新享受人生的一段。演奏者的心如果静不下来,是很容易出错的。"

"出错?"

藤月忽然想起,之前爷爷住院,楚柳昉不但一有空就往医院跑,还经常开着电脑到深夜。她有一次误闯他的房间,发现他的电脑屏幕上显示着讨论冥月古琴怎么寻找的论坛页面。虽然楚柳昉从来没有表现出来,但藤月觉得,楚柳昉一定和她一样焦急,想要尽快找回冥月古琴,恢复爷爷的名誉。

"哇!你们认识啊?"

还在发着呆,藤月的衣袖忽然被许筱竹拉住了,看到闺蜜一脸八卦的样子,她就不由得头疼。

生日宴结束后,宾客们陆陆续续地离开,怀着忐忑不安的心情,藤月特地送易川竞到酒店门外。

"对……对不起,我为了得到曲谱骗了你……"藤月揪着自己的衣角,脸红得要滴下血来。幸好许筱竹接到一个电话,提早赶回学校处理蒹葭古风社的事务了,不然被她看到自己这副样子,非要嘲笑死自己不可。

易川竞扬了扬修长的眉毛:"不用道歉,你送和我送,不都是同样的心意吗?"

他的笑容如春风般和煦,淡漠的眼中仿佛冰雪消融,藤月的心里一暖,重重地点了点头:"嗯!谢谢你今天能来!"

锦上添花的人多,雪中送炭才难能可贵,在爷爷这段声名受损的日子里,有很多从前的"朋友"都不再上门,在这门庭冷落的时候,易川竞前来为爷爷祝寿,让藤月对他的印象瞬间加分不少。

"不用谢,说不定很快就会再见面。"易川竞挥挥手转身离开,高大颀长的背影在阳光下如云松般挺拔。

藤月回到宴会厅门口,看到服务生都已经推着装满杯盘碗筷的小车离开,她刚准备进去,就看见楚柳昉和爷爷面对面站着,一个神情严肃,

另一个却满脸不安。

"柳昉,我听琴房的管理员说,你好多天都没有去练琴,刚刚还弹错了音,"藤爷爷半是责备,半是关切地问,"是不是最近遇到了什么困难?"

楚柳昉低着头,沉默了好一阵才说:"没……没有什么困难,是我偷懒耽误了课业,对不起师父。"

藤爷爷瞪着楚柳昉看了半天,叹了口气:"唉,你啊……"

他们两个都心事重重,没有发现门外的藤月。藤月的心中莫名涌起一股酸涩,明明楚柳昉最近心神不宁是为了帮爷爷找回冥月古琴,他却怕爷爷的心情受到影响,不想提这个话题。

她摇摇头,抹掉眼睛里的湿意,她也要努力寻找冥月古琴的线索才行。

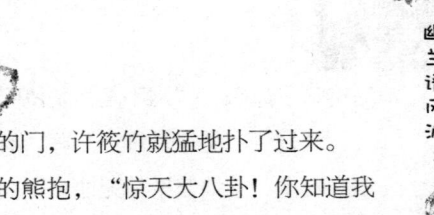

第一章

傍晚回到学校，藤月刚推开宿舍的门，许筱竹就猛地扑了过来。

"小月！"她给了藤月一个大大的熊抱，"惊天大大八卦！你知道我们今天在宴会上遇到的那个易川竞，他是谁吗？"

"谁？"

"他是咱们学校计算机系的学长！现在念大三，"许筱竹激动得小脸通红，"他可有名啦！听说他开发了好几款游戏，这阵子在男生中很流行的《绝地反击》游戏就是他开发的！"

"这么牛？"藤月目瞪口呆，"不可能吧？这么厉害的人，我们怎么之前都不知道？"

许筱竹急了："是真的！易学长是其他系全体女生的男神！要怪只能怪我们历史系信息闭塞，整天只知道研究那些老掉牙的古董，其实泉玖学长、柳昉哥也很出名！要不是这次我找了几个外系的女生打听，恐怕我们到现在还不知道呢。"

"呃……好吧。"

藤月彻底无话可说了，易川竞就算了，她实在想象不出来泉玖和楚柳昉居然也是学校的男神，这世界也太奇幻了。不过谁是全校女生心中的风云人物，都和她没什么关系。

许筱竹还在叽叽喳喳地讲着八卦，藤月一边左耳进右耳出地听着，一边在手机上打开视频网站，开始搜索东篱忘川的视频，页面上顿时跳出了一堆花花绿绿的相关视频。

一则名叫"梦溪遇东篱"的视频吸引了她的目光，这个视频是点击量最高的。她好奇地点了进去，视频画面中猛地跳出来一个女生的超大头像，吓了藤月一跳，紧接着优美的琴音响起，她立马听出来这是她很喜欢的那首《逐月》。奇怪的是，这段视频里没有出现东篱忘川的身影，只有一个穿着羽纱衣的漂亮女生在跳舞。

"这是什么啊？"许筱竹也被吸引过来，她盯着画面看了不到三秒，

惊得喊了起来,"这不是徐梦溪吗?她居然敢玷污我的东篱大神!"

"是啊,是徐梦溪。"藤月有气无力地回答,她盯着屏幕里搔首弄姿的女生,心情复杂得无法言说。

徐梦溪是藤月的高中同学,她的确长得很美,一张小巧的瓜子脸,精致的妆容勾勒出完美的五官。虽然她的舞蹈没什么技术含量,却很会穿衣服。视频中,她身着的白色羽衣被风吹起,翩然若仙,衬得她身材轻盈纤细。

"这视频到底和《逐月》有什么关系啊?"藤月无语地扶额,一时不能接受心中的神作就被这样破坏。

"啊!这不是最近很火的古装剧《绯色长安》中,女主角所穿的那件衣服的同款吗?"许筱竹忽然认出徐梦溪身上羽衣的款式,"她这完全是这蹭热度吧!"

虽然没看过《绯色长安》,但藤月也想起了一件让她至今都颇感震惊的事情:"说到这个,我想起来上次故宫举办画展,徐梦溪去画展时偷偷拍了几张《千里江山图》的照片,印在了自制的化妆品外壳包装上,进行售卖!"

"这算什么?徐梦溪卖的化妆品还都是没有卫生许可证的三无产品,之前被工商局查处没收了一次,罚了她很多钱呢。"

"她怎么这样?"藤月无语。

高一开学的第一天自我介绍,徐梦溪说自己会古琴,因此那时候藤月便注意到了她。但是徐梦溪从来不好好学习,一天到晚在女生中间宣扬"出名要趁早"的言论,藤月和她从来都是话不投机半句多。徐梦溪很早就在著名的视频网站上开通了直播,又因为脑子灵活,会蹭各种热度,现在已经是个小小的网络红人了。因为会弹古琴,徐梦溪被粉丝封为"古风女神"。

藤月对徐梦溪的各种行径感到费解不已的同时,徐梦溪对藤月也抱有同样的感受。她曾在直播里嘲笑"一个同学",说这个同学出生在音

乐世家,却从来不涉猎音乐,而是偏偏搞什么网文创作,一定是脑子进水……这很明显就是在说藤月。

虽然藤月和许筱竹对徐梦溪这种打着"梦溪遇东篱"的名号,蹭东篱忘川和《绯色长安》的热度感到不齿,但徐梦溪的粉丝们却感到非常骄傲。他们纷纷发视频弹幕,花式夸赞徐梦溪,还称赞她的水平越来越精湛,和东篱忘川是"史上最搭古风CP(人物配对关系)"。

藤月和许筱竹看了直气得要爆炸。

"太可恶了!"

"不要脸!"

更令人想吐血的是,视频的后半段,徐梦溪自己也弹起了琴,不过她的水平有限,把《逐月》那恬静幽怨的气氛毁得七零八落。藤月的胸口燃起熊熊怒火,她第一次感受到作为粉丝的愤怒,立马注册了一个账号,在视频中留言。

皎皎如明月:徐梦溪的风格太娱乐了!她完全领略不到《逐月》的精髓,水平完全不能和东篱忘川相比!她应该转行去表演流行音乐。

没想到,她只不过发表了一句评论,却引来了无数徐梦溪粉丝的反击。

古月小猫:这是谁啊?不懂音乐瞎评论。
我是你爸爸:嫉妒我们家女神呗!照我说,这种人一般都长得丑,内心也丑,不服上照片,看看你美还是梦溪美。
水果硬糖:说了那么多,你行你上啊。

徐梦溪的粉丝们战斗力太强了,藤月的小小评论瞬间被淹没在满屏飘过的弹幕中,甚至有网友威胁要人肉搜索她,幸好她之前从来没有在

视频网站留言的爱好,不然恐怕真要被人扒个底朝天。

"这群浑蛋!我帮你回骂过去!"许筱竹火冒三丈地撸起袖子,被藤月拉住了:"算了,这些人太可怕,别因为我而惹上什么麻烦。"

说话间,藤月的目光无意中落在了视频中徐梦溪使用的琴上,这是一把青黑色的古琴,造型如一弯明月,看起来十分眼熟,她好像在哪里见过。

第二章

曲韵回梦遇见他

巨蟹座男友・八音霓裳 ①

"丁零零！"

正在这时，藤月的手机铃声响了起来，打断了她的思绪。她拿起手机一看，屏幕上跳动的名字居然是诸葛千兔！

瞬间，藤月想起了自己几天前交的《琴师》大纲，顿时紧张起来。自从在青橙网站上写文以来，诸葛千兔可从来没有给她打过电话！

不会是什么不好的消息吧？

"小月！"她犹豫了几秒才接起电话，电话那头传来诸葛千兔清脆悦耳的声音，"新大纲我已经看了！太棒了！现在就开始写吧！"

"什……什么？"幸福来得太突然，藤月简直不敢相信自己的耳朵，"现在？你是说我马上就可以开始写吗？不需要修改？"

"不需要！"诸葛千兔的声音充满活力，"琴师好帅啊！故事也非常精彩，为了催你写稿我还特地准备了'千兔的爱心零食大礼包'噢！绝对好吃，你就好好补充体力，好好写稿吧！"

挂断电话后，藤月一把用力抱住许筱竹："小竹！我通过了，我的大纲通过啦！"她只觉得一阵阵暖流在胸口澎湃，恨不得朝天空大笑三声。

"啊哈哈哈！我的灵感终于回来了！"

提笔写《琴师》让藤月无比开心，和这个相比，徐梦溪那无聊的视频也不算什么。她每天听着东篱忘川的歌写稿，只觉得文思如泉涌，手指"噼里啪啦"地敲着键盘根本停不下来。除此之外，她每天写稿前还要打开微博拜一拜东篱忘川的主页，要不是许筱竹知道写小说对藤月来说多么重要，恐怕都会觉得藤月有病了。

这天，许筱竹刚推开宿舍的门，就看见藤月双手合十，毕恭毕敬地对东篱忘川的微博祈福："灵感之神东篱忘川，求你保佑我，今天也能写一万字吧！"说完她拍了两下手，好像完成了什么仪式一样。

许筱竹一脸无语："小月你……你这好像邪教啊。"

"喊,"藤月扬了扬黛色的眉毛,骄傲地说,"东篱大神才不是邪教呢!他就是我的灵感之神!"

"是是是,你说得都对。"许筱竹无奈地摇摇头,突然想起了什么,"对了,你知道吗?徐梦溪的'梦溪遇东篱'视频竟然上了微博热搜榜!现在所有人都把她和东篱大神当成一对了,好气人噢!"

"什么?"

藤月赶紧点开微博热搜榜,果然,"梦溪遇东篱"这个视频占据了话题榜的第二名,而第一名则是《逐月》的编曲获得了国际大奖。这个话题里全都是徐梦溪的粉丝留言,他们贴出了很多徐梦溪的照片,有唱歌跳舞的、弹琴的、打小广告的。

"这家伙又在蹭热度!"许筱竹气不打一处来,指着一张徐梦溪弹琴的图片,"这不就是那个视频截图吗?《逐月》这么好的曲子都被她糟蹋了!"

藤月刚想要点头,目光不经意间扫过照片上的古琴,徐梦溪的这把古琴状如弯月,通体玄色更添高雅。她的神情顿时变得肃然。她终于知道自己为什么觉得这把琴眼熟了!这把琴跟失踪的冥月古琴,简直一模一样!

晚上,藤月躺在床上辗转反侧,却怎么也睡不着,她的脑子里满满的都是徐梦溪的那把琴。

冥月古琴是彗星文物馆的镇馆之宝,从来不对外展览,因此知道它样貌的人很少,就连藤月都只是在爷爷借回古琴的时候看过一眼,也正因为如此,她才没有第一时间从徐梦溪的视频中认出它来。

徐梦溪的琴……真的是冥月吗?

她拼命放大手机里的照片,可琴的细节不够清楚,藤月无法分辨这把琴的真假。

"不行,明天一定要找徐梦溪问个清楚!"

虽然徐梦溪和藤月就读于同一所大学,但徐梦溪早早就签约了本市最大的经纪公司"星梦娱乐",经常要去参加一些商业活动,很少出现在学校。藤月提前在网上确定了徐梦溪的活动行程,得知她第二天会在星梦大厦做一台电竞节目的嘉宾,于是上午一下课,就跑去市中心找她。

"这么多人?"

刚下出租车,藤月就被星梦大厦楼前的人群惊住了,星梦大厦是仙后市最高的摩天大楼,因为星梦娱乐的总裁说过要让这里成为全市最耀眼的星,于是无论昼夜,这幢大楼都灯火通明。全玻璃打造的建筑反射着耀眼的光芒,是仙后市一道特别的风景,很多游客都会来这儿参观一番。

徐梦溪还没录制完节目,楼下就乌泱泱地聚集了一大群人,其中大多都是男生,有些人抱着花,有些人手里举着"梦溪我爱你"的应援牌。不过奇怪的是,人群中还有一些穿着玄色古装的年轻人,他们拉了一个大大的横幅,横幅上写着:维护原创权益,徐梦溪删视频道歉。

这两帮人正在激烈对峙着。

"徐梦溪必须要删掉视频,必须要道歉!"

"侵权是不道德的行为!东篱大神并没有授权《逐月》这首曲子!"

"关你们什么事啊?人家东篱忘川都没有反对呢!"

"这么点儿事也跑来吵!你们不会是我们梦溪女神的黑粉吧?"

藤月一眼就认出那些穿玄色古装的人身上穿的是蒹葭古风社的社服。

"东篱大神从来不关注视频网站,不代表他没有粉丝!他是我们的偶像,我们绝对不容许自己的偶像被欺负!"其中一个女生冲在前面,和徐梦溪的男粉丝们据理力争。她虽然长得小巧玲珑,气势却无比强悍勇猛。

见到她,藤月瞪大眼睛。不是吧,许筱竹怎么跑这儿来了?而且她还带来了蒹葭古风社的所有成员!

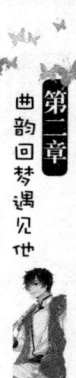

"你们就是找事!"

两群人吵着吵着便开始推推搡搡,一个胖男粉丝推了许筱竹一把:"梦溪女神就要出来了,你们穿成这样来找碴儿是不是有病?"

许筱竹一个趔趄差点儿摔倒,藤月赶紧冲上去扶住她:"小心!"

"小月,你怎么也来了?"许筱竹站稳身子,惊喜地叫出声,"你知道我们社在做活动吗?你也是和我们一样,要维护古风作者原创权益,为东篱大神讨回公道吗?"

"我……"藤月刚开口说了一个字,忽然身后传来一阵骚动,打断了她的话。

"梦溪女神出来了!她做完节目了!"

"在哪儿呢,在哪儿呢?快把这些烦人精弄走,把他们举的那条横幅抢过来,别让女神看到伤心!"

徐梦溪的粉丝们忽然像吃了兴奋剂,一个个激动起来,有推人的,还有冲过来抢横幅的。顿时,两帮人混战在一起,藤月用力护住许筱竹,胳膊冷不丁地挨了好几下打。

2

"你们怎么打人?"许筱竹生气地皱起眉头,"再这样下去我们报警了啊!"然而她的声音却被淹没在人群嘈杂的喊声中。

古风社总共才十来个人,男生更是稀少,虽然他们已经看到徐梦溪从星梦大厦的玻璃门里走了出来,但此刻被围攻的他们根本接近不了。

藤月抱住许筱竹的肩膀,两个人被挤到了人群之外,藤月用手肘挡住她的脸,防止被人打伤:"小竹,我们先回去吧!"

"你们这些浑蛋!"见有人打了藤月几下,许筱竹气得直跳脚,"我要报警!把你们都抓走!"

藤月的视线越过人群落在徐梦溪身上,徐梦溪画着艳丽的红唇,脸上戴着一副墨镜,看到混乱的人群一脸不高兴,特别是她的目光扫到蒹葭古风社成员手上的横幅时,更是气愤地一把拽下墨镜,狠狠地瞪了一眼藤月和许筱竹。要不是现在人太多不方便,徐梦溪肯定要亲自过来找麻烦。

藤月顿时一个头两个大:"还报什么警啊?徐梦溪到时候肯定会说闹事的是我们!快叫上大家一起走吧!"

"难道我们就这样走掉吗?她还没答应删掉视频呢……"许筱竹不甘心。

两个人正纠结,一道男声忽然从身后响起:"你们这是怎么了?有什么需要帮助吗?"

这个声音低沉悦耳,在一片聒噪中犹如清风拂面而来,藤月下意识地回过头,正对上一张如玉般俊美的脸庞——易川竞手上拿着一本书,上身穿着白色衬衫,下身穿着黑色长裤,一双清雅幽黑的眼睛注视着藤月,竟让藤月莫名有些紧张。

"没……没什么,我们只是——"藤月不好意思地拒绝道。

"要要要!当然要帮忙!"许筱竹愤怒地抢过话头,"易学长,我们替东篱大神维权,要徐梦溪删掉侵权视频,可是她的粉丝们一言不合就动手！"

"还有这种事？"易川竞蹙起修长的眉毛。

这时，两群人的争端分出了胜负，蒹葭古风社因为人太少、战斗力弱而惨败。徐梦溪的男粉丝们不但把横幅夺了下来，还扔在地上踩了两脚。

"呸！什么维护原创权益，人家东篱忘川自己都没反对，你们算什么啊？"

"这些人！"见状，藤月愤怒得想冲上去理论，被易川竞一把拉住了胳膊。

蒹葭古风社有几个女生认出了易川竞，兴奋地交头接耳，被人群簇拥着的徐梦溪见到他，也露出了惊疑不定的表情。

"那是计算机系的大神易川竞吧？他可是出了名的神秘！"

"是啊！咱们社长认识易学长吗？这么厉害！"

在蒹葭古风社成员们的八卦声中，易川竞十分自然地站到了藤月身前，对两个人说道："这件事先放下，不要再和他们发生冲突了，你们先回学校。"

许筱竹不甘心地攥起拳头："但是……"

"不要担心，这件事一定能得到解决的。"易川竞回过头朝她们微微一笑，温润如玉的脸上闪耀着令人信服的神采，"现在，我送你们回宿舍。"

计算机系大神易川竞，居然护送八竿子打不着的历史系的两个女生回宿舍！

藤月她们和易川竞道别时，很多女生在阳台上看到了这一幕，这桩八卦简直是以光速在女生宿舍楼里传开了，不过藤月和许筱竹在宿舍楼里算是两个异类，就算大家都好奇得要命，也没人敢贸然上门来打听八卦。

晚上,藤月告诉了许筱竹冥月古琴的事,听到冥月古琴可能在徐梦溪手上,许筱竹惊得一拍桌子站起身来:"这么重要的事你怎么不说?我再陪你去找徐梦溪!"

"算了,"藤月叹了口气,"她肯定不会说的。"

本来她和徐梦溪的关系就不怎么样,再加上今天蘘蕸古风社找去维权,徐梦溪肯定更讨厌她了,会说实话才怪。

"对不起啊,小月,给你惹麻烦了。"许筱竹的小脸上满是愧疚,她拿起手机,"要不……我给她微博发私信道个歉,让她别为难你了……"

"别啊!"藤月连忙出声阻止,"这件事本来就是徐梦溪不对,你又没做错。"

只不过,她要用什么办法去接近徐梦溪,才能调查到冥月古琴的事呢?

藤月不知不觉陷入了沉思,忽然,许筱竹拿着手机大叫起来:"哇,小月快看!东篱大神发微博怼徐梦溪了!哈哈!这下她和她那帮粉丝非气死不可!"

藤月凑过去一看,果然!

@东篱忘川:近日有某些网络主播未经授权,私自取用《逐月》作为商用视频,擅自剪辑、修改并配上与音乐无关内容……

东篱忘川的社交账号向来很低调,平时除了发布自己的作品外,很少有其他内容,可这一次他居然破天荒地发了一篇公告,声明自己要严查所有未经授权盗用视频的人,还会采用法律手段维权。同时他在长微博里还强调了维护原创的重要性,反对一切抄袭和剽窃。

这条微博得到了几万条转发,并上了热搜榜。

"太好了!"许筱竹开心地扬了扬手机,"徐梦溪这家伙害怕了!马上删掉了'梦溪遇东篱'的视频。"

"真的?"藤月也打开手机微博,翻到徐梦溪的微博页面,原本她微博首页上人气最高的"梦溪遇东篱"视频果真不见踪影。除此之外,

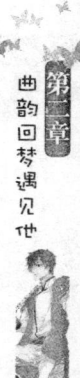

很多东篱忘川的粉丝在微博评论区留言指责徐梦溪,徐梦溪却灰溜溜的,一句话都不敢回。

塔子塔子猫:东篱大神说的就是你吧?老早就看你弹《逐月》不顺眼了,现在才知道是侵权。

晓梦迷迭:我看过这个人的直播!她弹着琴突然抽风一样开始化妆!好奇葩呀!

飞雪漫天:从未关注过博主,之前看网上炒得那么火,我还真以为博主和东篱大神是合作呢!原来是蹭热度啊!支持原创,反对剽窃!

看徐梦溪被骂得灰头土脸,藤月突然觉得很解气。

"不愧是东篱大神啊!我们没有喜欢错人,"许筱竹眉飞色舞,"我要告诉古风社这个好消息!我们维权的努力没有白费!"

"想不到……这件事真的解决了。"藤月喃喃地说。

她脑海中忽然闪过易川竟俊美温润的脸,没想到被他说对了,她一直以为东篱忘川醉心创作,不会管这些琐事呢。不过身在云端的大神维护原创,似乎平易近人了很多。

"叮咚!"

藤月的微博忽然响了一声,她打开一看,徐梦溪居然发来一条私信。

藤月,都是你搞的鬼对不对?我今天在大厦外面看见你了……你给我等着!

徐梦溪果然误会了,顿时,藤月的好心情又一下子跌到了谷底。

这下子,自己跟徐梦溪的关系更僵了,该怎么从她那里打听到冥月古琴的事呢?

3

网络上的风波平静得很快,不到一个礼拜,大家就把这件轰动网络的"古风女神侵权"事件抛到了脑后。最近,许筱竹的蒹葭古风社忙着策划社团招新的活动,她还拉上了藤月帮忙,两个人每天忙得焦头烂额,藤月暂时顾不上寻找冥月古琴了。

"哈哈哈!不错不错,我们的表演真是太棒了,这次一定能打败风雅颂,招揽到很多新社员的!"

正在进行社团招新表演的大礼堂里,许筱竹双手叉腰大笑着。

她和藤月穿着漂亮的同款古装裙,额头上贴着粉色的可爱花钿,站在一起就像一对双生姐妹花。新学期社团表演活动上,她们两个人一起策划的"汉唐秋月"古风表演秀吸引了很多学生的目光,表演还没结束,就有很多人拿着报名单开始询问了。

藤月拉拉许筱竹的袖子:"嘘,低调点儿吧……风雅颂还没开始表演呢。"

风雅颂文学社和蒹葭古风社向来是死对头,社长齐非旭把社团办得有声有色,不论干什么都狠狠压许筱竹一头。许筱竹一直视齐非旭为宿敌,两个人一见面就斗得死去活来。

许筱竹挥挥手:"怕什么?我们的节目这么棒,齐非旭那家伙看了肯定会羞愧致死的。"

"那可不一定。"

一道阴恻恻的声音从两个人背后响起,把许筱竹吓了一跳。

两个人转过头,齐非旭脸色难看地站在她们身后。他长着一张白净的娃娃脸,笑起来还有两颗可爱的小虎牙。

"我说齐非旭,你能不能不要躲在别人背后说话?"许筱竹不满地瞪他。

齐非旭双手抱着胸:"你们的表演创意是很不错,但有常识性的问题。"

"信你的才怪!你说说,什么问题?"

齐非旭出身书香世家,从小在家长的教导下耳濡目染,对古诗词非常有研究,许筱竹虽然在嘴硬地反驳,但确实也心虚了。

"你念的那句诗'云想衣裳花想容',衣裳应该读作'cháng'第二声,在古代时代表下裙,而你却读作了'shāng',这还不是常识性问题吗?"

齐非旭毫不留情地指出了问题,藤月的心里"咯噔"一下,因为是她负责"汉唐秋月"诗词稿的审核,但是由于最近她又要上课又要写稿,还要留意冥月古琴的去向,所以一时之间疏忽了。

藤月不知所措地看向许筱竹:"对不起,小竹……我忘了把修改后的诗词稿版本给你了!"

"小月,你……"许筱竹的脸一下子变得煞白。

"许筱竹,你们蒹葭古风社就这水平了,我劝你还是早点儿解散吧。"齐非旭乘胜追击地嘲讽。

"齐非旭!"

齐非旭咧嘴一笑,露出可爱的虎牙:"加入我们风雅颂,我保证以后你不会再犯这样的低级错误。"

"你!你……"许筱竹的脸色又一下子由白转红,她气急败坏地指了指藤月,到底舍不得骂,只得怒气冲冲地转身就走。

"小竹,你别走啊!"

藤月急忙提起裙子就要追上去,无奈礼堂里人实在太多了,到处绊手绊脚,眼看着许筱竹走出礼堂,她匆匆跟到礼堂门口,忽然被一个人拉住。

"泉玖学长……"

礼堂里没有开灯,藤月仔细辨认了好几眼才发现拦住自己的人居然是泉玖,他穿着一身黑色衬衫,脸藏在阴影里,看不清表情。

"小月,你……你今天穿得好特别,很漂亮。"

"啊?"藤月心急如焚地瞥了眼门外,"谢谢,那什么,如果没什么事我就先走了。"

扔下这句话,藤月就想离开,泉玖却从口袋里掏出两张票来:"等等!那个……明天市音乐厅有一场古风音乐会,你不是说最近很喜欢听东篱忘川的古风音乐吗?我想你应该会很感兴趣,所以买了两张票——"

"曲韵回梦?"借着礼堂门外的光,藤月看到了泉玖手里的票上印着的四个大字,脑海中猛然闪过不久之前,许筱竹在甜品店跟她抱怨音乐会门票难买……这不就是许筱竹很想去的"曲韵回梦"古风音乐会吗?东篱忘川还会出场!

太好了!有了这两张票,小竹应该不会生她的气了!

"谢谢泉玖学长!钱我晚一点儿打给你!"藤月劈手夺过门票,头也不回地朝门外跑去。泉玖一个人呆呆地站在礼堂门口,半天回不过神来。

许筱竹穿着长长的裙子,走得并不快,藤月很快就追上了她。

"小竹!"藤月伸开双臂拦在许筱竹身前,"对不起嘛!我真的不是故意的,求求你原谅我啦!"

"哼!"许筱竹抱住胳膊,转过脸不看她,"你让我在齐非旭面前出了个这么大的丑,我现在心情很不好。"

"别生气啦……"藤月晃了晃许筱竹的肩膀,亮出手里的门票,"当当当!看这是什么?"

许筱竹用眼角的余光瞥了一眼,猛地扑了上去:"曲韵回梦?我的天,你怎么搞到票的?"

"嘿嘿嘿,是泉玖学长买的,怎么样?不生气了吧?"藤月讨好地看着她,一双玻璃球似的大眼睛忽闪忽闪,"来,给我笑一个?"

许筱竹没忍住"扑哧"笑了出来:"泉玖学长遇到你这根木桩子,真是太惨了。"

"什么?"

"没什么,"许筱竹飞快地把门票收进随身背着的小包包里,"嘿嘿嘿,这么珍贵的门票,还是让我收着好啦!"

藤月松了一口气:"终于不生气啦?"

"不生气了,"许筱竹举起手握成拳,斗志满满地说,"下一次,我一定要让齐非旭好看!"

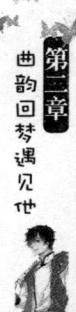

第二天傍晚，藤月和许筱竹来到市音乐厅。

仙后市音乐厅，光听名字就让人感觉富有浪漫色彩，这是一幢巨大的希腊神殿式建筑，十二根高达二十米的柱子象征着星座十二宫，阳光透过恢宏的玻璃穹顶洒下，与大厅里色彩缤纷的众神壁画交相辉映，让人不由自主地沉浸在高雅的艺术氛围中。

音乐厅广场上有一座巨大的音乐女神雕像，这里早早就聚集了很多歌迷，许多女生打扮得花枝招展，手里举着荧光棒、应援LED灯牌与雕像合影，也有很多人安静地站在一旁，排队等候入场，与热闹的气氛形成鲜明对比。

"看到没？那些排队的都是东篱大神的粉丝，我们就是这么有素质。"许筱竹骄傲地挺了挺胸，拉着藤月站到了排队的人群后面。在等待的时候，她们身边走过好几个女生，这几个女生都穿着隆重的小礼服。其中走在最前面的那位脖子上还围着华丽的水貂毛披肩，她身材高挑，拥有一双细长上挑的丹凤眼，漂亮的鹅蛋脸上神态傲慢。

"依然，你说我们坐在最前面，能看到东篱大神的真面目吗？"

"那是当然，我池依然从来不做没有把握的事，"鹅蛋脸女生挑挑眉毛，"我已经准备好了，等东篱忘川演奏结束后我就要去后台堵他，今天我一定要见到他的脸！"

女生们之间的聊天吸引了许筱竹的注意力，她冲藤月努努嘴。

这群女生走到人群最前沿，音乐厅里的几位工作人员朝她们鞠了个躬，毕恭毕敬地把她们迎了进去。

"哎，怎么回事啊？难道音乐会不用排队的吗？"

排队的观众顿时骚动起来，有人不满地发出质疑，但很快就被人压了下去。

"你懂什么呀？人家是VIP贵宾，花了一万六来看表演呢！当然可以从特殊通道进去！"

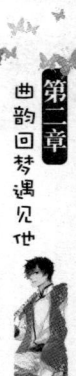

"我的天！看个音乐会花一万六？"

"你不认识最前面那位啊？CHII集团总裁的千金池大小姐！她可是东篱忘川的狂热粉丝，在我们市可比明星还要高调！"

藤月和许筱竹面面相觑，不过这些高高在上的千金大小姐离她们的生活太遥远，藤月左耳进右耳出，很快就把这些八卦忘到了脑后。

"曲韵回梦"音乐会的表演非常精彩，在藤月的想象中，这种古风音乐会应该像爷爷他们举办过的鉴赏会一样，高雅、古朴，却又枯燥无味，可没想到这次的表演居然颠覆了她的想象！音乐会不但结合了音乐剧的精彩剧情，还配合着现代科技的光影技术。在悲剧中，女主角变成花朵飞散时，屏幕里的桃花居然片片幻化成了花瓣，撒向观众席的每一个角落！

"哇！好厉害啊！"藤月从自己的肩头拈下一片桃花，放在鼻尖嗅一嗅，还能闻到芬芳的花香，这是一片真的花瓣！

东篱忘川是今晚压轴的表演嘉宾，感人的音乐剧结束后，还剩下两个节目。藤月兴致勃勃地看着幕布徐徐拉开，一个长发飘飘的女生出现在舞台上，她的身前放着一把古琴，看起来是要表演古琴独奏——

"徐梦溪！"许筱竹目瞪口呆，"她怎么在这儿？她今天也是表演嘉宾吗？"

"梦溪女神！看我看我！"

"哇！女神今天好漂亮！"

徐梦溪朝观众席鞠了个躬，妆容精致的脸上挂着端庄的微笑，她朝粉丝们招招手，那些粉丝瞬间疯狂地呐喊起来，将之前音乐厅内安静的气氛破坏得一干二净。

藤月下意识地扫了一眼徐梦溪身前的古琴。古琴非常普通，桦木色的琴身，中规中矩的款式，这不是她看到过的冥月古琴！

不行！一定要找徐梦溪问个清楚！

她的目光扫到音乐厅的一侧，那边的保安大哥刚刚离开，她当机立

断站起身:"小竹,我突然肚子有点儿疼,先去一趟卫生间。"

"啊?那你快点儿啊,别错过东篱大神的表演!"许筱竹不放心地叮嘱。

藤月点点头,猫着腰离开了座位。

徐梦溪表演完以后,肯定要回后台换衣服,她之前在直播中透露过每次外出表演她都会有单独的休息室。如果能提前在她的休息室等,自己就有机会和她单独相处,问问冥月古琴的事。

也许是上天保佑,后台一片混乱,人人都有自己的事要忙,没空搭理这个突然跑进来的小女生。藤月花了好几分钟时间顺利地摸到了休息区,她紧张地左右看看,趁着没人发现自己,顺手就推门进了第一间屋子。

"你找谁?"

刚一进门,藤月就和一个高大的男人打了个照面!这间休息室居然有人!

男人一身绯色的古装衣袍,束腰广袖,宽肩窄腰。他脸上戴着藤月十分眼熟的银色面具,下巴精致完美,手里把玩着一支青绿色的笛子,清俊风流,湛然若神,像武侠小说里走出来的人物。

藤月震惊地瞪大眼睛:"东……东篱大神!"

天啊!她居然闯进了东篱大神的休息室!

"嘘……"东篱忘川竖起一根修长的手指放在唇边,"我可不想让所有人都知道我在这间房。"

"对不起!"藤月慌忙捂住嘴巴,压低声音,"我这就出去!"

东篱忘川摸了摸光滑的下巴,感兴趣地说:"怎么,你不是来找我的?"

"不……那个,虽然我是你的粉丝……"藤月的脸一下子涨得通红,双手用力地搓着衣角。面对偶像,她的脑海竟然一片空白,想不出半个词来。

"好累啊!这种音乐会真无聊,要不是能和东篱忘川同台,我才不要来呢!"

忽然,从门外飘来一个娇滴滴的女声,这熟悉的声音让藤月的脑子一下子清醒过来。

徐梦溪表演结束了!

"对不起!我先走了!"藤月打算追过去,不过想到之前池依然的话,她又不放心地转身提醒,"对了,大神,你要小心那些狂热粉丝,她们打算等表演结束来后台堵你呢!"

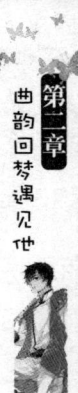

徐梦溪在经纪人的陪同下回到自己的休息室。

"徐梦溪!等一下!"藤月赶紧追过去,推开徐梦溪休息室的门。

"藤月?你怎么来这儿了?"徐梦溪娇美的面容上闪过一丝惊讶。

"我……我有事想问你。"藤月犹豫地看了徐梦溪的经纪人一眼,补充了一句,"单独的。"

徐梦溪先是一愣,顿时心里有了底,她朝经纪人使了个眼色,对方点点头离开了,还顺手贴心地带上了门。

"说吧,找我什么事?"徐梦溪懒懒地在椅子上坐下,拿起一把指甲刀悠闲地修起指甲来。

藤月咬了咬嘴唇,吞吞吐吐地问起了"梦溪遇东篱"视频中那把古琴的来历,她低声下气地央求:"那个……徐梦溪,能不能让我看一眼那把琴?看一眼就可以了。"

"我还当什么大事呢,原来是这个啊!"徐梦溪放下指甲刀,嫣红的唇扬起一抹微笑,"当然可以啦!"

"真的?谢谢你梦溪!"藤月激动极了,她可是做好了一切准备,硬着头皮准备接受刁难,可没想到徐梦溪居然这么好说话,大学两年没怎么接触,为人竟然变得如此宽容大度了。

"可是,现在那把琴不在这儿。"徐梦溪摊摊手,在藤月诧异的目光中懒懒地解释,"那把琴很珍贵,我也是费了千辛万苦才弄到的,所以平时走到哪儿带到哪儿。虽然这次表演我没用上它,但因为担心会丢失,我把它藏起来了。走吧,我带你去看。"说着,她站起身,拉开门走了出去。

"啊?哦……"藤月点点头,虽然总觉得有哪里不对劲,但还是跟上了徐梦溪的步伐。

要不是徐梦溪带路,藤月压根也不会想到市音乐厅居然还有这么偏僻的地方,徐梦溪带着她穿过空无一人的走廊和楼梯间,来到负一层的地下室。

徐梦溪打开手机的手电筒功能，微弱的光照着前方的路，藤月只依稀看到这里和后台一样，被分隔成了一个个单独的小房间，有的房门敞开着，有的房门紧闭，根本看不清里面有些什么。她环视左右，心里不由得打起了小鼓。

冥月古琴这么珍贵的东西，徐梦溪真的会放在这样的地方？

"好，就是这间啦。"走到最里面的一间，徐梦溪伸手随便一推，就推开了门，"太黑了，我就不进去了，你想看就自己进去看吧。"

"可是……"

"叽叽歪歪地磨蹭什么？"徐梦溪忽然不耐烦地竖起眉毛，"我还等着去谢幕呢！你快点儿，不想看别看了。"

迫切想要确认古琴的心理占了上风，藤月忙不迭地答应下来："进进进！我这就进去！"

她打开手机手电筒，小心翼翼地走进了房门，白色的光照亮前面一尺见方的空间，环视周围，只见这里放着一排排的货架，里面杂七杂八塞满了废弃的乐器：沾满灰尘的竖琴、缺了弦的二胡、裂成两半的笛子……唯独没看见冥月古琴。

"徐梦溪，你把琴放在哪……"藤月刚转过头想要问清楚，只觉得一阵风拂过面颊，耳边响起"砰"的巨大关门声。她心里一咯噔，扑过去抓住门把手，拼命转了几下，果然怎么也拧不开了。

"哈哈哈！"外面传来徐梦溪刺耳的笑声，"藤月，我都不知道是该说你傻还是天真好了，上次你在公司楼外堵我，还向东篱大神举报我视频侵权，你难道觉得我会不计前嫌，真心带你来看琴吗？"

"徐梦溪你想干什么？快把门打开！"藤月愤怒地大喊。

徐梦溪冷嘲热讽地说了一通，又哈哈大笑起来："对不起，我现在要去谢幕了，你就老实在储物间里待着，不要想着挣扎了。等保安什么时候发现你，再什么时候放你出来吧！"说着，她的脚步声和笑声渐渐

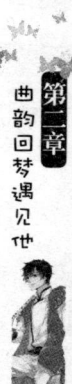

远去。

藤月想要打电话求助，然而看到手机屏幕的那一刻，她气得捶了一下门框："真是浑蛋！居然没信号！"

难怪徐梦溪让自己别挣扎了，敢情她早就知道地下室没有信号！

不甘心被困在这儿，藤月想尽办法，又是取下发卡来撬门锁，又是对着储物室的门又敲又打，折腾了半个多小时都没打开，她实在是没辙了，抱着最后一丝希望大叫起来。

"有人吗？救命啊！来个人开门啊！"

也许是老天爷的眷顾，她喊了两嗓子，门外居然真的有人答应。

"谁？"

这是一个男人的声音，清冷如冰，又像泉水敲击在金玉上一样悦耳。

藤月呆了呆才回过神来回答："我我我！我不小心让人关在这儿了，我还有急事，请你开门放我出去吧！"

外面忽然没有了声息，过了好一会儿，就在藤月怀疑他已经离开时，门锁"咔嗒"一声打开了！

"谢谢！太谢谢你了！"藤月感激地举着手机出来，当微弱的光映照在对方身上时，她不由得屏住了呼吸。

面前的人高高的个子，身形清瘦，面容清冷精致，着一袭白衣，宛若从画中走出来的仙人。他的睫毛纤长，微低下头打量着藤月，也不知道是不是手机白色灯光所致，这个人的皮肤非常白，犹如一块干净澄澈的白玉。

"不是说有急事吗？怎么还不走？"白衣男子蹙起眉头，藤月这才回过神来："对！这就走！"

浑蛋徐梦溪，居然骗人，还把她关在储物室！看她不找徐梦溪好好算算账！

攥着拳头往前跑了几步，藤月想起什么，回头问了一句："对了，恩人，你叫什么啊？回头我该怎么找你？"

黑暗中，男人似乎愣了一下，过了好几秒才轻声回答："我叫白石，是这次音乐活动的特邀嘉宾。"

"好嘞，白石大哥！我一定会好好谢谢您的！"藤月开心地朝白石挥挥手，三步并作两步跑上楼梯。

市音乐厅真是个神奇的地方，刚跑上一楼，藤月的手机就有了信号，一眼扫过去，上面十几个未接来电全是许筱竹打的，她低着头刚要回拨过去，突然撞上了一个人。

"哎，你怎么回事啊？"

巨大的冲击力让藤月差点儿摔倒，她捂着鼻子抬起头，一个烫着蛋卷头的女生正愤怒地瞪着她："走路不带眼睛的？"

"啊！对不起，对不起，我没看到。"藤月赶紧道歉。

女生还想要说些什么，却被身边的人拉了拉衣袖："算了，怡丽，你不想看东篱大神的长相啦？"

身边的人这么说，女生只好冷哼一声转过头，不再理睬藤月。藤月这才发现，后台不知道什么时候居然涌来了一大拨人，她们全都亢奋地堵在各个休息室的门口，为首的那个女生一间一间地打开休息室的大门，像在搜寻着什么人。

"我的天！"藤月瞠目结舌地呢喃，"这么蛮横的吗？"

看到女生的华丽披肩，藤月认出这是之前打赌的那位池依然大小姐。眼看池依然就要搜到东篱忘川所在的那间休息室，藤月的心里不由得隐隐担忧起来。按照这帮人的风格，如果撞上东篱忘川，恐怕真的会强行揭开他的面具。

她忧心忡忡地捏着手机往外走，连给许筱竹打电话这件事都忘了，眼看着快要走到后台出口，忽然从旁边伸出一双手捂住了藤月的嘴巴，把她拖进了舞台边的一个小房间里。

"呜呜呜……"藤月奋力挣扎着，耳边响起一道温和清朗的男声："嘘！别叫，是我。"

东篱大神！

藤月立马听出了声音的主人，放弃了挣扎。东篱忘川松开手，她转过身，看见戴着银色面具的东篱忘川正在自己面前，他依旧穿着那身绯色古装，气质洒脱。

"是我。"

"你……"藤月的心"怦怦"跳着，她压低了声音，"你怎么还在这儿？那群人在找你！"

"看来，你一点儿也不好奇我长什么样子啊。"东篱忘川的面具下，嘴唇弯起藤月看不到的浅浅弧度。

藤月急得像热锅上的蚂蚁："都什么时候了，你还不着急吗？快跑吧，我……我可以帮你拖一会儿！"

"不要紧，这里是放清扫工具的房间，她们一时半会儿想不到这儿，"东篱忘川欣赏了一会儿藤月焦急的模样，施施然地开口，"不过，我的确有件事想拜托你。"

"什么？"

"这里面是我的乐器，帮我保管一下。"

东篱忘川从身后拿出个一尺见方的小盒子，把盒子放进藤月的怀里，轻轻拍了拍她的头就拉开门离开了。

藤月睁大眼睛跟出门，傻傻地看着东篱忘川的身影消失在她的视线里……大神居然这么亲切？他竟然摸了她的头！

她满脑子晕得像被人灌了糨糊，发了好一会儿呆才回过神来。不对呀，东篱忘川又不知道她是谁，怎么要回自己的乐器？

还没等藤月想明白，池依然带着那群女生就跑了过来，她狐疑地看了藤月两眼："之前好像没有见过你啊。"

藤月紧张地抱住手里的盒子。随着她的动作，池依然的目光落在盒子上，刚想要说些什么，身后有人戏谑地打趣起来："喂，依然，你不是打赌说要让我们看到东篱忘川的样子的吗？怎么，要认输了？"

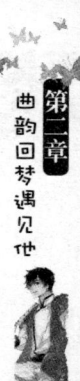

池依然皱起眉头，鹅蛋脸上羞愤交加："喂，你有没有看到东篱忘川？"

"他朝那边走了。"藤月眨眨眼睛，指了个相反的方向。

池依然连个"谢"字都没说，顿时气势汹汹地带着大批人马朝藤月手指的方向追去。看着池依然离开，藤月这才松了一口气，也赶紧走出后台。

"小月，你去哪儿了？"藤月刚回到大厅里，许筱竹就迎了上来，她那张洁白的小脸上满是焦虑，"我找你找了好久，电话也打不通！"

"嘘，回去再说。"放弃了找徐梦溪算账的想法，藤月拉着许筱竹离开了这里。

"东篱大神，求保佑有一天我的原创歌词能被您看中，谱曲唱出来！"

夜晚，女生宿舍里，许筱竹清空了自己的桌子，恭恭敬敬地把东篱忘川的乐器盒"供"了起来，双手合十虔诚许愿。看着好朋友絮絮叨叨的模样，藤月忍俊不禁。

"小竹，你之前不是说我走火入魔吗？现在怎么自己也拜起来了？"

"在这之前，我也完全不相信，"许筱竹瞥了她一眼，满脸肃然地摇摇头，"可你不是因为拜了大神的微博，这才遇到大神，而且和他说话了吗？你还被大神交代了这么重要的任务！"

许筱竹拼命地捶桌子："好气啊！为什么我没有这种好运气？"

藤月瘫在自己的粉色小床上快笑得岔过气，笑着笑着，她的目光落在了桌上的乐器盒上——这是一个紫檀木盒，外表没有什么装饰，只有盒子盖上描绘着白色的樱花瓣，显得精致而古朴。

她心中升起了浓重的好奇……东篱忘川说让她保管乐器时语气那么笃定，他真的有办法找到她的联络方式吗？

正在沉思时，手机响起"叮咚"一声，她拿起一看，是泉玖发来微

信，问她音乐会的事。两个人寒暄了几句后，泉玖便说自己最近有一项新的研究发现，想要找机会和她一起分享。

"新发现？"藤月想了想欣然回复，"好啊，随时恭候！"

没过多久，手机再次响起清脆的提示音，藤月以为是泉玖发来了回复，懒洋洋地抄起手机——

"砰咚！"

下一秒，手机从手中滑落，掉在了床上。

"小月？"许筱竹回过头，看到藤月呆若木鸡的脸，"怎么了？"

"小……小竹……"藤月艰难地扭过头，脸上神情恍惚，"你来帮我看看，我……我这不是在做梦吧……"

"到底什么事情啊？"许筱竹走到藤月的床前，捡起她的手机一看，顿时也吓得花容失色。

藤月的微信页面赫然显示着一条信息——

东篱忘川申请加你为好友。

第三章

走失花街的琴行主

下周日上午十一点，请带着我的乐器盒到未央花街的休憩广场来。

接到东篱忘川的微信，藤月在学校老老实实地等了几天，待到第二个礼拜天上午，才来到了他指定的地点——未央花街。

这里是仙后市非常著名的一条街，不只因为这里音乐气息浓厚，是城里乐器行最集中的地方，也因为这里风景优美，一面临着波光潋滟的青空湖，另一面则种满了五颜六色的小花。春天来临时，整条街道上鲜花齐放，许多情侣都会来这儿约会，沿着干净整洁的街道散步，连空气中都仿佛溢满了甜甜的恋爱气息。

藤月看看手机，此刻才十点半，她只好抱着樱花乐器盒在休憩广场旁的长椅上坐了下来。看着来来往往的人流，她不由得回想起来之前，许筱竹抱着自己的大腿哭诉。

"小月啊！你这次见到东篱大神，一定帮我要到他的签名啊！都怪齐非旭那个浑蛋，什么时候挑衅不行，偏偏这个时候！"

原本许筱竹死活也要跟着来的，可惜临出门前她收到了风雅颂文学社的一封挑战信，齐非旭邀请许筱竹去参加全市高校古风社团集会，为了维护兼葭古风社的尊严，身为社长的她不得不忍痛放弃跟心中大神碰面的机会，而前去应战。

也不知道东篱大神会戴着面具跟她见面吗？

藤月出了会儿神，忍不住给东篱忘川发信息想问他到哪儿了，她正在编辑文字，忽然未央花街前面传来嘈杂声，像潮水一样涌进了她的耳朵里。

不知道什么时候，一大群人走进了未央花街，最前面的是两个打扮得靓丽的女生。她们手挽着手，一位留着乌黑的长发，手里举着一根自拍杆兴高采烈地说着什么；另一位则穿着漂亮的大衣，妆容精致。两个人被许多男生众星捧月地簇拥在中央。

"池依然、徐梦溪？"藤月惊讶地瞪大眼睛，"她们怎么在一起？"

徐梦溪趾高气扬地路过广场，拉着池依然直奔乐器行。藤月见徐梦溪没有注意到她，想着时间还早，便抱着乐器盒跟上去看热闹。

徐梦溪在最大的一家乐器店门口停了下来："依然你看！你不是喜欢东篱大神吗？这家店专门卖笛子的，要不要挑一支和东篱忘川同款的呀？"

乐器架上摆满了琳琅满目的长笛、箫、琵琶……看得人眼花缭乱，徐梦溪拿起一支竹笛："东篱大神用的好像是这种，老板说这个是店里卖得最好的一款啦！"

池依然嫌弃地看了一眼："喊，我才不要和那些低级粉丝用一样的东西，俗气。"

徐梦溪漂亮的脸蛋顿时神情一僵，不过很快又堆起了笑脸："不要紧，我们慢慢挑，总能找到你喜欢的。"

因为之前侵权的事，徐梦溪的人气一下子跌了不少。上次市音乐厅的表演过后，徐梦溪偶然认识了池依然，得知池依然是CHII集团的大小姐，而且还是东篱忘川的狂热粉丝，便特地来未央花街做户外直播，邀请池依然和自己一起来选购乐器，增进一下友情。

不过即使人气下跌，徐梦溪还是有一批死忠粉丝，这次她提前预告了户外直播时间，这些粉丝也跟了过来。

"梦溪女神脾气真好呀！真是知书达理……"

"是啊，现在有才艺的主播不多了，全都是唱歌跳舞，一点儿意思都没有，哪有梦溪女神厉害！"

听着粉丝们的吹捧，徐梦溪的心里得意极了，她拉着池依然走到街尾的古琴店，得意地指着橱窗里的一把青色古琴："依然，你看！这把琴的造型是不是很特别？它就是传说中的焦尾古琴，也是这家店的镇店之宝。这么独一无二的琴，你一定会喜欢的！"

"是吗？"池依然挑了挑精心描绘的眉毛，在橱窗前停下了脚步。

"当然，只有这么珍贵的琴才配得上你的身份呀！"

徐梦溪侃侃而谈,把悬在橱窗里的琴吹得天花乱坠,聚集在身边的人越多,她就越喜欢卖弄自己"学霸才女"的人设。她的口才确实不错,将焦尾古琴的故事娓娓道来,还讲解了很多关于古琴的知识,不但围观群众啧啧称奇,就连她直播间的人气也上升了。

梦溪兔子:女神果然是女神,这么有文化。

隔窗卖烧饼:之前那件侵权的事,我看应该是误会吧,梦溪女神肯定不会犯这种低级错误。

直播间的人气"噌噌"地涨,就在徐梦溪暗自高兴时,一个突兀的男声忽然插了进来。

"这不对吧?你说的完全错了啊。"

徐梦溪的话一下子被打断,顿时所有人的目光都朝声音的主人看去,只见一个穿着青色长衫的青年站在人群中,俊朗的面容上满是茫然。

"等等,你们看着我干吗?她说的本来就不对啊。"

藤月看到这位青年忍不住"啊"了一声,这个人不就是琳琅琴行的老板林朗吗?

林朗挠挠头:"那个,你故事讲得不错,不过这架琴不是焦尾,而是蕉叶琴啊!"

一时间,嘈杂的现场陷入了安静,连一根针掉在地上的声音都能听到。林朗完全没有感觉到气氛的尴尬,还在一个劲儿地解释:"你看看,这架琴的琴身从正面看像一艘小船,中间凹陷的地方又如同芭蕉叶,所以才有'蕉叶琴'一称,而且这也不是什么传世之作,最多也就一两百年吧,还是个赝品。"

徐梦溪满脸通红,池依然狐疑地看了她一眼:"梦溪,她说的是真的吗?"

"我……"徐梦溪咬咬牙,还想为自己争辩两句,林朗却急了:"我家世代开琴行。这位小姐,你可以看不起我,但是不能看不起我辨琴的眼光,我说的绝对没错,这就是蕉叶琴!"

徐梦溪胸中憋闷的一口血差点儿没喷出来,这下子什么借口都没有了!

她恼怒地瞪了一眼站在门口的琴行老板,他"嗖"地一下缩回了头。都怪他!一直骗自己这架琴是传说中的焦尾琴,害自己被人当众揭穿,丢脸到家!

这还是徐梦溪第一次当众吃这么大亏,看着她脸色一阵红一阵白,藤月没忍住,"扑哧"一下喷笑出声,几乎是同时,徐梦溪的目光如同锐利的刀子射了过来!

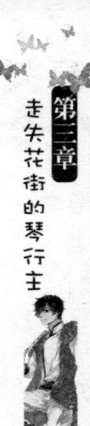

第三章 走失花街的琴行主

糟糕！被发现了！

和徐梦溪四目相对时，藤月的头皮一麻，还没来得及逃跑，林朗就转过脸，认出了她。

"啊，藤月小姐！"本着顾客至上的理念，林朗热情地走到藤月面前，"最近过得怎么样？《幽兰调》被买走以后，我们店可是有很多客人都来问呢！你真幸运啊。"

"啊……我……我还不错啦。"

林朗突如其来的寒暄让藤月十分茫然，她眨眨眼睛，目光扫到一旁的徐梦溪，见她脸色铁青地瞪着自己，目光如同要吃人一般，心里"咯噔"一下。徐梦溪的目光分明在说："好你个藤月！原来那个人是你请来的，就为了拆我的台！"

徐梦溪的眼珠转了几下，很快调整好脸色，恢复了笑靥如花的模样："藤月！"

藤月吓了一跳，不明所以地看着徐梦溪也走到自己的面前，亲密地挽起自己的手臂："这是我的好朋友藤月，我们从高中起就是很要好的同学！大家一定还不知道，她爷爷是著名的古琴大师藤仲！"

现场顿时一片哗然，徐梦溪的直播间里也有很多人纷纷留言：

隔窗卖烧饼：不是吧？是传说中的那个藤仲大师吗？女神和他的孙女竟然还是好朋友啊！

月球飞车：可是我听说最近藤仲惹上了麻烦，那个震惊全市的古琴盗窃案，很多人都说他是监守自盗呢！

影武大侠：呸呸呸，别瞎说，警察都没有找到线索！别在这儿造谣！

月球飞车：呵呵！冥月古琴价值连城，藤仲朝思暮想了半辈子，拿到手了，想独吞也很正常啊！

顺手牵个猪：都闪开！让我看看藤大师的孙女长什么模样！哎呀，

还是个清秀的小可爱啊!

现场的无数道目光如同探照灯一般投到藤月身上,除了池依然依旧冷着一张脸外,就连林朗都倒吸了一口凉气:"你……你是藤大师的孙女?"

"徐梦溪!"藤月朝徐梦溪怒目而视。

徐梦溪微笑着贴近藤月的脸,在她耳边轻声说:"识相的就乖乖配合,帮我完成直播,我就告诉你冥月古琴的下落!"

两个人的眼神在半空中"厮杀"了一个来回。藤月的心绪无比混乱,一想到徐梦溪将自己锁在市音乐厅的地下储物间,她就想把徐梦溪臭骂一顿;可是,想到爷爷整天郁郁沉沉地坐在书房里,长吁短叹的样子,而冥月古琴还在徐梦溪手里,她就只好忍气吞声,告诫自己不可以冲动。

藤月咬了咬嘴唇,移开目光,看徐梦溪笑容灿烂地举起自拍杆,给了自己一个大大的特写。

"刚刚我只是跟大家开了个玩笑而已,为的就是把我这位老同学介绍给大家,"徐梦溪俏皮地吐了吐舌头,"你们不会怪我吧?"

"不会!"她的粉丝们兴高采烈地回答。

徐梦溪不愧是谈话高手,她轻描淡写地掩盖了自己的错误,推了藤月一把:"说起古琴知识,我当然不敢在国乐大师的孙女面前卖弄,我们让藤月来讲解一下好不好?"

"好!"大家跟着起哄,气氛被推到了高潮。

藤月的大脑一片空白,她爷爷虽然是国乐大师,却从来不强求儿女子孙跟着学古琴,反倒鼓励他们发展自己的兴趣爱好,所以她父母从事科研工作,而她也只喜欢写作,对古琴一窍不通。为了避免麻烦,她在高中开学第一天就说了自己不懂古琴。徐梦溪就是明明知道这一点,才故意逼她出丑的。

"说一下吧,藤月,什么样的古琴才是最好的呢?"徐梦溪的眼中

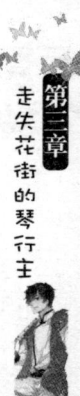

闪烁着笑意。

来自四面八方好奇的目光,让藤月的后背沁出了冷汗,她硬着头皮摇摇头:"抱歉,我……我不懂古琴。"

不懂就是不懂,与其像徐梦溪那样生搬硬拗,还不如老老实实承认。

"啊?"徐梦溪掩住嘴巴,幸灾乐祸,"你居然不会古琴?你可是藤仲大师的孙女哎!"她边说边将手机对准藤月,将她窘迫的样子直播到网上。

月球飞车:有没有搞错,国乐大师的孙女不会古琴?真是饭桶啊!

顺手牵个猪:我之前还坚定地维护藤仲大师,现在看来,我真的要怀疑他的水平是不是有水分了。

招潮蟹沐沐:梦溪女神的同学怎么这样?不学无术啊!

屏幕上飘过一条又一条留言,大多数在说风凉话,偶尔有一两条同情藤月的话也被无情地淹没了。藤月抱着乐器盒,看着徐梦溪夸张的表演,额头青筋暴突。

徐梦溪是个渲染气氛的高手,围观的人也跟着嘲笑起藤月来,林朗同情地想要替她说几句,却骤然被一旁的池依然打断。

"啊!我想起来了!你就是上次在市音乐厅给我指错路的那个女生!"

池依然从见到藤月的第一眼起,就觉得有点儿眼熟,直到她瞥见藤月怀中木盒上的樱花图案,才想起藤月是谁。

"不……不是我,你认错人了……"藤月的心一沉,下意识地否认。

"你说谎!我那天也见你抱着这个盒子!有人跟我说,她看见你和一个戴面具的男人说过话!"

突如其来的情况让所有人都愣住了,藤月一时语塞。池依然咄咄逼人地往前跨了一大步:"把盒子给我,我倒要看看里面装的什么!"

池依然的语气专横，不容反抗。藤月满脑子只有东篱忘川的托付，东篱忘川平时使用的乐器是一支玉笛，小巧轻盈，雪白剔透。虽然她没有打开过盒子，但也知道这个乐器盒里装的应该就是那支笛子了。

不！她不能辜负东篱大神的托付，把他的东西交给别人！

"不行！我不能把它交给你！"藤月一步步往后退，想要逃跑。她身后的徐梦溪一下子就看穿了她的念头，一把揪住她的后衣领。

"把盒子给我！"池依然伸手去抢。

"不行！"藤月死死地护住怀中的乐器盒。

徐梦溪趁机用力一拽，藤月一下子被拽得栽倒在地，围观的人发出一阵惊呼。

"快放手！"林朗想要阻拦，"这样会伤到人的！"然而没有人听他的。

徐梦溪看似柔弱，手下却毫不留情，趁乱暗暗狠掐了藤月好几下。藤月半跪在地上，为了护住乐器盒，只能咬紧牙关不反抗。见状，池依然愣了一下，不知不觉地松开了手。

"让我们看看嘛！再不给就别怪我不客气了！"徐梦溪脸上挂着虚伪的笑容，语气一如既往的甜腻，却带着隐隐的威胁。

虽然隔着牛仔布料，但藤月的膝盖还是被擦伤了，伤口火辣辣的疼。

这时，一只洁白修长的手朝藤月伸去，扶住了她的胳膊。

"你们在干什么？"

一道柔润低沉的声音响起，淡淡的，犹如清风般和煦，却蕴含着无限韵味。藤月猛地抬起头，映入眼帘的是一张如玉般白皙温润的脸，那双幽黑的眼睛里仿佛古井无波。

"易学长？"她诧异地开口。

看着藤月狼狈的样子，易川竞的眸子里有愠怒的星火闪烁了一下，很快又恢复了平静："怎么搞成这样子？快起来。"说着他把藤月从地

上扶起来,像没看见一样拂掉了池依然的手。

池依然本来还在欣赏他俊美的容颜,被这番无视后,忍不住生气地说:"喂!你是谁?"

"易学长,我们在做户外直播呢……"徐梦溪赶紧热络地接话。

易川竞身为中北科技大学计算机系的传奇人物,徐梦溪当然没道理不认识,她从大一开始就注意易川竞了,还托人带了好几次话想要认识他,可全都被他冷冰冰地拒绝了。

没想到易川竞居然认识藤月!

"那个,直播中有些冲突才更好看嘛,这也是藤月自己同意的,对吧,藤月?"见易川竞不理她,徐梦溪又找借口解释,她撞了撞藤月的肩膀,暗示藤月承认下来。

易川竞仿佛没有听到一般,突然说起一个风马牛不相及的话题:"我已经来了一阵子了,也听见了问题,我想我可以替她解答。"

易川竞的到来,让徐梦溪直播间的人气更上一个台阶。他俊雅的外表、高贵的气质很快吸引了很多新的观众,大家都在纷纷询问这位帅哥是谁。

"这世间的琴,总是一山更有一山高。古人曾经留下过绝代名琴'大圣遗音',它古朴而高雅,秀美却浑厚,于是后人认为,一把好琴应该和它一样,兼备奇、古、透、润、静、圆、匀、清、芳这九种美好的音色。因此现在只要占据了上面的三项,都可以说得上是一把好琴。"易川竞俊美的容颜上没有什么表情,清透的嗓音掷地有声,现场鸦雀无声,都在静静听他的讲述。

"虽然琴各有各的脾气与长处,但琴师之间倒是可以分出个高下,"易川竞的语气依旧柔和,深不见底的黑眸牢牢锁定徐梦溪,"你一直在网上标榜自己是一名琴师,却怎么也看不出有以上任何三项的美好品质。所以,我劝你还是直接专修娱乐营销,别来糟蹋古琴了。"

他这一番话犹如一颗炸雷,当头劈下,把徐梦溪都炸蒙了。不知道怎么回事,易川竞说完这番话之后,徐梦溪的手机直播就断掉了,屏幕上一片漆黑。

"哎呀,我的直播!"徐梦溪连忙查看手机。

易川竞一手拉着藤月,一手扯着林朗的衣领,不慌不忙地离开了人群。

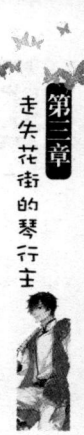

"阿川!"远离人群之后,林朗跳了起来,"刚刚那个直播,是你弄断的对不对?"

藤月吃惊地看着易川竞,却见他优哉游哉地点点头,痛快承认:"是我。"

"怎么可能?"这下轮到藤月惊讶了,"我一直在你身边,并没有看见你动徐梦溪的手机啊!"

"笨蛋,干扰网络怎么需要动她的手机?"林朗解释道,"你忘了阿川是念什么专业的了?他在手表里装点儿小程序,启动之后,干扰网络直播一点儿都不难。"

"可是那……"藤月迷迷糊糊地还要追问,猛地被易川竞打断了话音:"林朗,你还好意思说,我跟你约的是在广场碰面,你一个人跑到花街那头去干什么?"

"我……"林朗一时语塞,小声嘟哝,"我这不是看时间还早到处逛逛吗?谁会想到耽搁了那么久。"

藤月抱紧乐器盒不敢吭声了,她也是看时间还早所以才去凑热闹……

等等,东篱大神!

"拜托借我看下表!"她一把拉过易川竞的手腕,"居然十一点二十了!糟了,糟了!我约了人,迟到了!"

那可是东篱忘川!他的面具那么显眼,出现在广场上一定引人注目,她该不会已经给他惹麻烦了吧?她这么久没出现,他会不会觉得她是个卑鄙的小偷,拿了东西不还?

顾不上林朗和易川竞惊讶的表情,藤月拔腿就跑,却被人从背后一把拉住。易川竞无奈地说:"你别那么着急,先给对方发个信息,让他等等你不就行了?"

"啊对!"藤月赶紧掏出手机,手足无措地正要发信息,却发现东篱忘川早在半个小时前就给她发了一条信息。

临时有事来不了了,抱歉,请把盒子寄存到地铁站公共储物箱里,密码用微信发给我,谢谢。

东篱忘川没来……

看到他的信息,藤月松了一口气的同时,心底升起一丝淡淡的失落……也对,东篱忘川那么忙,怎么会有时间来见一个小小的粉丝呢?

既然不用赶着送东西，藤月的时间一下子就变得宽裕起来，她把乐器盒按照东篱忘川所说的方法寄存好，就开始和易川竞他们一起逛起街来。不知道是不是直播中断的缘故，徐梦溪和池依然也很快离开了，少了两个"隐形炸弹"，藤月的心情轻松了很多。

未央花街不但有琳琅满目的乐器、令人愉悦的清新花朵，还有很多富有特色的可爱餐厅，其中有一家名叫"稻荷白狐小馆"的店，招牌是红色的小神社模样，透明橱窗里挂着很多漂亮的白狐面具，门前还蹲着两只胖乎乎、做招财姿势的小狐狸。路过时，藤月一脸留恋地盯着店门看。

"现在也到午饭时间了。"看到藤月脸上的表情，易川竞状似无意地说，他随手一指门口的狐狸雕塑，"我听说这家是卖日式小吃的，最近我对日料很感兴趣，不如先进去吃个饭吧？"

"真的吗？"藤月开心极了，易川竞变得格外顺眼，他真是自己肚子里的蛔虫啊！

林朗却摸摸英挺的鼻梁，一脸茫然："小吃？阿川你不是从来不吃零食和小吃的吗……嗷！"

易川竞从林朗的脚背上踩过，拉开白狐小馆的店门："进来吧。"

"嗯！"藤月兴高采烈地拍拍林朗，"谢谢你们今天帮我，这顿我请客！"

白狐小馆里卖的小吃非常美味，造型还特别可爱：又甜又糯的草莓大福、狐狸造型的鲷鱼烧、散发清香的抹茶蛋糕……

"好好吃！这家店真是太棒了，我一定要记住这里，以后常来！"藤月吃得满足极了。

林朗也跟着点头："是啊，味道的确不错，不过这种小点心根本吃不饱……啊！"

易川竞又在桌下踹了林朗一脚，俊美的脸上笑容和煦："菜单在你面前，你可以再加一份炒面。"

藤月没有注意到他们两个人的小动作,填饱肚子后,她忽然想起了一件事:"对了,林朗哥,你之前怎么一下子喊出了我的名字,我们今天才第二次见面吧?"

"你不是在我们店下过订单吗?我这个人别的不太行,就是记性不错,只要在我们的琴行买过东西的客人,我都会记得信息。"林朗露出八颗雪白的牙齿。

旁边的易川竟无情地揭露道:"不要被骗了,这家伙只能记得年轻女生的信息。"

"喂!身为好朋友,你别拆我台啊!"

林朗说自己祖祖辈辈都是开琴行的,说不定会有冥月古琴的信息呢?藤月抱着一线希望,从手机里翻出自己保存的徐梦溪的弹琴视频,向林朗打听他有没有见过冥月古琴。

"冥月古琴?我没听说过最近有手脚不干净的小贼拿它出来卖。不过我以前也见过那把琴,视频里的这把倒是真的很像……阿川,你也来看看,是不是很像?"林朗蹙起英气的眉毛。

易川竟不动声色地凑过去,将视频中的古琴定格放大,又看了一遍:"像是像,不过这视频摄像头的像素太差,只能勉强看个大概轮廓,要确定的话,还是得看到实物。"

"啊……"藤月咬了咬嘴唇,心中无比沮丧。徐梦溪本来就对她没什么好感,经过这次的直播事件,她们之间的矛盾更深了,要让徐梦溪拿出琴给她看,恐怕难于上青天。

藤月明亮的眸光渐渐黯淡下去,易川竟盯着她看了几眼,端起咖啡喝了一口,移开了目光。

告别了易川竟和林朗,藤月无精打采地回到学校,许筱竹早就等在宿舍门口,心急火燎地迎了上去。

"怎么样?有没有替我要到东篱大神的签名?"

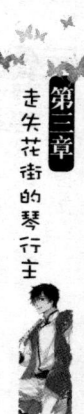

藤月无奈地摇摇头,把今天发生的事从头到尾说了一遍:"所以就这样,我没见到东篱大神,也没有看到徐梦溪的琴,还差点儿被她当众羞辱了一顿,这丫头搞不好是我的克星。"

"啊?怎么会这样?东篱大神居然没来!"许筱竹哀号一声,又安抚地摸了摸藤月的头,"徐梦溪那个讨厌鬼,总有一天会被人拆穿她的真面目的!小月,我们等着瞧吧!"

这个坏消息让许筱竹的心情一下子变差了,就连今天在全市高校古风社团大会上,她一雪前耻,打败宿敌齐非旭的喜悦都消失得一干二净。她一屁股在床上坐下,气呼呼地打开手机玩起来。

藤月也在桌前坐下,打开电脑开始写教授留的功课,可还没写几行字,许筱竹又咋咋呼呼起来:"小月,你快看!快看朋友圈,徐梦溪这个心机女,居然发了一条这么长的朋友圈。说什么自己宽容善良,被多年好友坑了,还说这个好朋友嫉妒她漂亮,破坏直播。这是指桑骂槐呢!"

同学几年,藤月自然也有徐梦溪的微信,她打开手机一看,徐梦溪在朋友圈里发了一篇全靠杜撰的荒谬长文。

"这什么乱七八糟的!"藤月越看越气,虽然徐梦溪没有点名,但一看就知道是在说她。

"看来这家伙已经患上深度的被害妄想症了,她以为她是谁啊,'总有刁民想害朕'吗?"许筱竹摇摇头。

徐梦溪发朋友圈的时间是五分钟前,猜测她应该还在线,藤月发了一条信息问她今天上午说的,只要配合直播就告诉自己冥月古琴下落的话还算不算数。徐梦溪很久都没有回复,等再问就发现自己的信息再也发不出去——徐梦溪把自己拉黑了。

"呵呵……"藤月被气笑了,世界上怎么会有这么卑鄙的人?

心里正堵得慌,她的手机又"嗡嗡"振动起来,仿佛是上天听到了她内心愤怒的呐喊,赐下一道天大的福利!

"小竹,你快来看!快来!"藤月迫不及待地大喊,"东篱大神给

我发微信了!"

"什么?"许筱竹从自己的床上跳下来。

东篱忘川不但发来了新的微信消息,还附上了一个命名为《无题》的音频文件。

多谢还琴,奉上尚未发布的新作一首,希望你能当我的第一个听众。

"哇!大神的第一个听众,听起来太浪漫了!"许筱竹捧着脸催促,"小月,你快放啊!"

藤月受宠若惊地按下播放键,霎时,悠扬悦耳的笛声从手机的扩音器里传了出来。藤月的眼前一亮,这居然是一首欢快活泼的小调!

和以往作品的风格不同,东篱忘川的这首新曲清新甜美,时而婉转柔和,时而俏皮活跃。她眼前出现了一幅画面:一位可爱的少女蹦蹦跳跳地和同伴结伴走在樱花小道上。随后,调子缓缓地变得优美而抒情。藤月屏住呼吸,眼前的画面一转,变成了樱花飘落的场景,几片缤纷的花瓣落在少女的肩膀上,她伸手去拂,忽然在樱花树的另一侧看到了朝思暮想的恋人的脸……

"好好听啊!小月你说是不是?"

许筱竹的话音还没落,藤月就兴奋地打开电脑里的文档,快速敲击起键盘来。

"小月你怎么了?中邪了?"许筱竹惊讶地盯着她。

"我突然有了好多灵感,我要写《琴师》了!"

藤月从未有过这种感觉,只要是听着东篱忘川的音乐,脑海中的画面就一幅接一幅地涌现,就好像灵感永远也不会枯竭。东篱忘川真是神了!灵感之神缪斯应该就长着东篱忘川的脸!

两个小时前。

在一间高级公寓的房间内,一个长相温润俊美的少年手持白色玉笛,半坐在阳台栏杆上。他俯瞰着窗外枝头萌发的点点嫩芽,暗若黑夜的眼睛里闪烁着星星点点的亮光。

不知道想起了什么，少年举起手中玉笛，轻轻吹起一曲欢快的小调，这曲调赫然是那首《无题》！

令人震惊的一幕发生了，在他吹奏乐曲的时候，玉笛的音孔中居然飞出了一只又一只发着光的蝴蝶。它们姿态优雅，翩跹起舞，随着乐曲在少年的肩膀上盘旋了一会儿，就循着半开的窗户飞了出去，停留在路人的头发上、嘴唇边。然而街上的人群却对这些发光的蝴蝶视若无睹，就像它们不存在一般。

在这奇景中，街角一名身穿白衣的男子突然侧过头，他伸出手，引来一只在半空中飞舞的银色蝴蝶。男子盯着蝴蝶看了一会儿，清冷如玉的脸上没有任何表情。

如果藤月在这儿，一定会惊讶，这个人就是在市音乐厅救过她的琴师——白石！

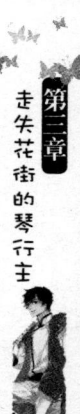

第四章

螢之光

1

时间一天天过去，藤月的《琴师》一直写得很顺利，也渐渐拥有了一些读者，每次看到读者们暖心的催更新留言，她的心里都暖暖的。然而四月了，冥月古琴的下落还是毫无头绪，这让她在高兴的同时，心里也总是存了一些疙瘩。

周末，藤月照例回家陪爷爷吃晚饭，收拾完碗筷，她和楚柳昉一起刷碗的时候，他忽然郑重其事地开口："小月，我能不能拜托你一件事？"

"啊？"藤月恍惚了两秒才反应过来，"柳昉哥哥，你说什么？"

楚柳昉叹了口气，秀气的脸上露出无奈的笑："小月，下周三市音乐厅要举办一场公益音乐会，是一家叫琳琅琴行的店赞助的——"

"等等，琳琅琴行？"她震惊地瞪大双眼。

楚柳昉莫名其妙地看着她，修长秀气的眉毛微微蹙起："是啊，琳琅琴行在古琴界很有名的，这家店传说有几百年历史，店主林朗是第十七代传人。他们经常举办公益活动，我拜师之前也受到过琳琅琴行的资助，所以为了报答他们，我一直免费为他们演出。"

听到这里，藤月的嘴巴张成了"O"形，她实在看不出来很普通的林朗居然这么有来头。

"这次的'萤之光'公益音乐会是为了给福利院的盲童筹款，特地安排在晚上举行。"楚柳昉继续说，"不过最近我打听到了一点儿冥月古琴的消息，礼拜三晚上约了人……你和小竹不是弄了一个蒹葭古风社吗？据说在中北科技大学还很有名气，你们有没有兴趣代替我去参加？"

"这个啊……"藤月有些犹豫，蒹葭古风社有几斤几两她心知肚明，那点儿实力基本上都是许筱竹吹出来的，可面对楚柳昉充满信任的眼神，她却说不出拒绝的话，而且他也是为了打听冥月古琴的消息。

藤月咬咬牙，拍了拍胸脯："放心吧，柳昉哥哥！一切交给我和小竹了！"

回到房间，藤月忧心忡忡地和许筱竹视频通话说起了这件事。这天

第四章 萤之光

是礼拜六,只剩下四天时间,而她们对节目一点儿头绪都没有。许筱竹去网上搜索了一圈关于"萤之光"音乐会的信息之后,恨不得从手机屏幕中伸出手来掐住藤月的脖子摇晃。

"小月,你知不知道,这次音乐会风雅颂文学社也会参加?啊啊啊!我要是因为准备不足而输给了齐非旭那个家伙,我就会被气成河豚!"

藤月"扑哧"一下笑了出来,刚想要取笑许筱竹几句,忽然手机"叮咚"响了一声。

是泉玖发来的信息,她满脸困惑地告诉许筱竹:"泉玖学长约我现在去他家,说有一个新的发现想给我看看。"

"现在?"许筱竹看看时间,"现在已经晚上八点了啊。"

"嗯,不知道泉玖学长卖什么关子,他说这个东西一定要晚上才可以看,我一定不会失望的。"她边给泉玖回信息边说道,"小竹,不如你和我一起去吧!看看到底是什么,这么神秘!"

半个小时后,两位少女相约着来到泉玖家。上大学后,泉玖就独自生活,住在车站附近的单身公寓里。打开门时,泉玖看到藤月那张洁白无瑕的小脸,还没来得及打招呼,她的身后就探出另一张俏皮的笑脸。

"泉玖学长好!"许筱竹笑嘻嘻地说,"我实在是太好奇,就跟着小月一起来啦!应该不打扰你吧?"

"啊?不打扰……不打扰。" 泉玖掩饰住眼中的失落,把两个女生让进屋,"快进来吧。"

"学长,你要带我们看什么啊?神神秘秘,还一定要叫人晚上来。"

许筱竹一边换拖鞋一边问,藤月虽然没吭声,但心底也是浓浓的好奇。泉玖微微笑了一下,把她们带到卧室门前,推开和风木门,映入眼帘的是简洁得近乎质朴的房间,低低的榻榻米,空荡荡的桦木书桌上摆着一块造型奇特的石头,跟篮球一般大小,透出淡淡的碧色。

藤月走进屋子:"学长,你要我们看的东西就是这块石头吗?"

石头的确很别致，可也不至于大晚上的叫人到家里来看吧？

"准备好，"泉玖没有回答藤月的话，而是伸手按在开关上，"我关灯了。"

随着"啪"的一声响，屋子里一下子黑得伸手不见五指，让人心里不由得毛毛的，藤月还没来得及问泉玖葫芦里卖的什么药，许筱竹就兴奋地叫起来："啊！小月快看！"

黑暗中，前方依稀闪现出点点荧光，微弱如米粒，一闪一闪地朝天花板升腾，渐渐地越来越多，仿佛凭空出现了无数只萤火虫，流光如水般照亮了小小的卧室，如梦似幻。藤月忍不住轻轻抬起手，想触摸那小小的光点，然而它却像是有生命一般，躲开了她的手指。

"好漂亮啊……像星星一样。"许筱竹不由得喃喃出声。

泉玖对着虚空轻轻吹了一口气，忽然像搅乱了一池水，房间里的荧光开始飞舞起来，三个人站在房间中央，宛若待在一片广袤无际的星空之下，光点越来越亮，最后璀璨如同钻石，让人移不开眼睛。

两个女生欣赏了一会儿这神奇的荧光，泉玖又打开了灯。一瞬间，卧室恢复到了原先的朴素，让人怀疑之前看到的一切是不是梦境。

"太棒了！泉玖学长，你真的好厉害！这究竟是怎么做到的？"许筱竹双眼放光。

藤月若有所思地猜测："如果猜得没错的话，我们看到的荧光都是这块石头发出来的吧？"

泉玖的眸光中浸出一丝暖意："没错，小月，这种矿石是我最近发现的稀有品种，它富含磷，却又和一般的磷石不同，在电力的刺激下会形成萤火虫般的光点，很漂亮。不过这种光只有在黑暗中才能看得到，所以我把它命名为'萤火星灯'。"

在他的示意下，许筱竹和藤月都看向石头的底座，果然那里有一个自制的电力开关，只要通上电就能让石头发光。许筱竹由衷地赞叹："好神奇啊！小月，你怎么能猜到这个？"

  藤月笑了笑,许筱竹和泉玖交集不多,不知道他的专长,而她从小就知道他痴迷于地质结构,只要一放假就会进山里到处勘查矿石,长年累月和这些东西打交道,肯定会有些不一样的发现。

  不过……

  她摸了摸下巴,眼前这些萤火虫般的光点,给了她一个绝妙的点子!

2

当天晚上回去后,藤月就写出了公益音乐会的节目策划,但时间也还是非常紧迫,特别是知道了齐非旭的风雅颂文学社也要参加,许筱竹危机感大爆发,拉着古风社的成员从早排练到晚。她还"病急乱投医",就因为藤月小学时参加过声乐部,非要拉藤月一起参加表演。这下子,藤月连写稿的时间都全靠挤,更别提寻找冥月古琴了。

她们选的曲子是著名合唱团的《彩虹》,这原本就是一首非常优美的歌曲,但藤月进行了大胆的改编,需要用琵琶、笛子、古琴等民族乐器演奏出来。大家都是第一次做这样的改编尝试,尽管练习了好几次,听起来还是很散乱,一点儿也没有想象中的优美,眼看着一整天一点儿进步都没有,大家也渐渐烦躁起来。

"我知道大家都很累,可是这次的公益音乐会,是我们蒹葭古风社第一次在学校之外公演,非常重要!"许筱竹给成员们打气,她握着拳头,"而且根据我的独家消息,这次的音乐会上,齐非旭他们还有'秘密武器'!虽然具体是什么我还不知道,但绝对是不容小看的!我们要打起十二分的精神,好好应对!"

"是……"

"明白了……"

面对许筱竹的斗志昂扬,成员的回应却稀稀拉拉的。

藤月是被赶鸭子上架,稀里糊涂地成了主唱,她的确有一副好嗓子,嗓音清甜悦耳却不过分绵软,柔声说话的时候像夜莺在啼唱,就算是生气,铿锵中也带着一丝柔和。

不过就算声音好听,也抵不过伴奏凌乱,藤月举着手机把排练现场录了下来,随后把视频发给了东篱忘川。

大神,能不能帮忙看一下我们的节目,还有哪里不够好需要修改的?

原本,藤月对东篱忘川会回复她也没抱希望,毕竟他那么忙,可没想到消息发过去五分钟,他居然就回复了。

第四章 萤之光

原本的古琴部分换成扬琴。

"啊?"藤月瞪大眼睛,还没等她反应过来是什么意思,对方接着又发来一条。

我的意思是,把原来古琴部分负责的旋律,换成用扬琴来演奏,这首歌的旋律本来是很梦幻的,古琴的音质太沉重了,这样应该会好一点儿。

东篱忘川的回答一针见血地指出了她们乐曲的短板,得知东篱忘川亲自指导,古风社的成员们瞬间都打起了精神。大家在东篱忘川的指示下排练了几次以后,效果果真好了不少,所有的伴奏都和谐了,突出了藤月那悦耳的声线。

"真不愧是东篱大神啊!"许筱竹眉飞色舞,"要是公演那天,他能来帮我们镇场子,齐非旭那帮人非吓傻了不可!"

藤月翻了个白眼:"别太贪了,人家多忙啊,能帮忙指点两句就该去寺庙拜拜了!"

"噢……我只不过是想想而已嘛……"许筱竹讪讪地说,随后又高兴地畅想未来,"不过还是你机灵,这次我们的演出,绝对是一场视听双绝的大餐!齐非旭那家伙一定会无地自容,嘿嘿!"

许筱竹越想越美,甚至连风雅颂的成员们都"弃暗投明",改加入蒹葭古风社这样的桥段都幻想了出来。藤月在一旁叹了口气,不过看着手机里东篱忘川发来的一长串文字,她心里不由得暖暖的,自己只是一个和他有一面之缘的小粉丝,想不到东篱大神这么亲切地给了很多建议。

哪怕他没空来,我也得给他发个邀请。这么想着,藤月编辑了一条微信发了过去,不过这之后东篱忘川就再也没回复。

也许东篱大神的确很忙吧,藤月失落地想。

紧锣密鼓地排练了几天,礼拜三很快就到了。"萤之光"公益音乐会在晚上举行,下午所有参加公演的乐团会在市音乐厅进行最后的彩排。许筱竹接到通知,中午就带着蒹葭古风社的成员来到市音乐厅,可刚进入那富有浪漫艺术气息的大厅,一个意料之外的人影就出现在众人面前。

"徐梦溪?她怎么在这儿?"许筱竹目瞪口呆。

大厅里都是排队等着彩排的乐团,徐梦溪穿着"梦溪遇东篱"视频里的那一袭白色羽衣,整个人化着淡淡的妆容。如果不看她身后那个扛着一米多长的古琴盒子、被压得整个人都弓着身子的小助理,徐梦溪的外表还是很有欺骗性的,优雅从容如女神一般,被一群粉丝围绕着。

"古琴这么重,都不知道让人放一放吗?"许筱竹随口抱怨。

藤月心中微微一动,徐梦溪的琴盒里,是不是就装着那把冥月古琴?

"节目单上都没她,是谁把她弄过来了?"许筱竹知道徐梦溪几次设计藤月的事,脸上满满的都是厌恶,"真是晦气。"

"怎么?看到我们的秘密武器了吗?"

熟悉的男声从身后响起,许筱竹和藤月齐刷刷回过头,齐非旭那张神采飞扬的脸映入两个人的眼帘。他得意地露出两颗小虎牙:"许筱竹,这次我们可是找来了强力外援,你们这小破社还是乖乖认输吧!"

见许筱竹回过头,他后退一步摆出防御的姿势,做好斗嘴的准备。许筱竹却只是冷冷地看了他一眼又转过头去,连白眼都懒得给一个,这反常的态度让齐非旭有些不知所措。

怎么回事?许筱竹不是应该像炸毛的小猫一样冲过来,朝他"喵喵喵"个不停吗?

藤月也觉得有点儿奇怪,但前头开始呼唤彩排队伍入场,她就没有在意这件事。等大家一个接一个地走进音乐厅的大门后,许筱竹忽然低声嘟囔了一句。

"男生都是大傻瓜。"

第四章 萤之光

楚柳盼的演奏原定是公益音乐会的压轴，因此即使临时换成了蒹葭古风社，表演顺序也没有改变。众人入场时，看到舞台四周的角落里放了好几块灰扑扑的石头。

"这是怎么回事？怎么会有石头在这里？"一个背着大提琴的少女看到后，嘀咕了一句。她的同伴看了一眼，不以为意："谁知道呢，可能是上次表演完以后，工作人员没来得及收拾吧。"

听到她们的对话，藤月和许筱竹交换了一个眼神，掩着嘴偷笑起来。

风雅颂文学社的表演被安排在第一个，由徐梦溪的古琴弹唱拉开序幕，彩排现场来了很多媒体记者，她存心要露一手，居然弄来了一支乐队演唱英文歌，嘈杂的摇滚乐一响起来，把她的古琴声掩了个七七八八。虽然气氛很快就被炒热，但很多人也都忍不住皱眉，就连齐非旭也露出了惊愕的表情。

"这是些什么？盲童公益音乐会上化烟熏妆，穿渔网袜？"许筱竹愤愤地摇头，"这又不是夜总会！"

这下，她更不待见齐非旭了。彩排间隙，齐非旭在她身边来回走了好几趟，可她就是装作没有看到。齐非旭不习惯许筱竹这冷漠的态度，抓耳挠腮，十分郁闷。

接下来的表演都中规中矩，有演奏西洋交响乐的，也有曾经得过许多奖项的敦煌飞天舞……不过这些表演都没有徐梦溪的摇滚乐博人眼球，整场彩排下来，徐梦溪脸上的笑容越来越得意，仿佛看到自己上了新闻头条。

终于轮到蒹葭古风社，藤月换好衣服，看着社员们拿上各自的乐器，心忽然没由来地"怦怦"跳起来，心中像揣了一只小兔子，蹦个不停。

"小……小月，你紧张吗？"许筱竹的声音都打着飘，"我……我突然想上厕所。"

"不要怕！"藤月定下心来，握了握她的手，"我们可以的。"

这时，礼堂里的灯忽然熄灭，室内陷入一片昏暗，大家莫名其妙地左顾右盼，却连身边人的脸都看不清。

"怎么回事？停电了吗？"

"有人恶作剧吧，这是最后一个节目了，快把灯打开！"

观众席上，徐梦溪露出了快意的微笑，刚刚彩排时她看见藤月和许筱竹这两个人，差点儿撂挑子走人，明明齐非旭给她的节目名单上没有这两人！虽然最后碍于面子，她还是咽下了这口气，但看到藤月的节目出了差错，她开心得嘴角抑制不住地上扬。

忽然，一点儿荧光从舞台上亮起，神秘而瑰丽。

"快看那是什么！"

"萤火虫？"

"怎么可能？礼堂里怎么会有萤火虫？"

碧色的荧光颤巍巍地飞过大家头顶，一阵轻快的扬琴声随之响起，又有几点荧光亮了起来，伴随着悠扬的小调，荧光越来越多，渐渐照亮了整个礼堂会场。

"我路过山峰，我遇见海洋，水晶斑驳海面上，七色的风帆……"

少女清亮的声音，仿若暗夜中一朵徐徐绽放的莲花，随着空中的荧光越来越多，她的身姿也慢慢显现出来。藤月穿着一袭粉色的轻纱裙，鱼尾式的后摆拖曳在地，膝盖以下的镂空布料隐约露出两条纤细的小腿，晶莹的水晶鞋在荧光下折射出淡淡的蓝。她像是伫立在水边，摇曳生姿的花朵，与身后的流光交相辉映，成为黑夜中最亮丽的风景。

"我枕着星河，我躺在云端，晚风呢喃青草岸，钟声吻霞光……"

陶笛声幽幽，仿佛海浪拍打在礁石上。起初，藤月听见自己的声音还有一丝紧张，可身处无数飞舞的荧光中，她根本看不见底下的观众，心中的最后一丝忐忑也慢慢消失了。

是的，这就是藤月想出来的"绝妙策划"，当看到泉玖的萤火星灯之后，她心中就冒出了这个大胆的构思。蒹葭古风社的乐手们都是半吊子水平,要参加市音乐厅的公众演出,必须要有些别出心裁的点子才行。

而萤火星灯和萤之光音乐会,不正是天作之合,相得益彰吗?

"好美啊……"台下有人忍不住出声,被人"嘘"地示意安静了下来。

礼堂中,不知从哪儿吹来了微风,原本轻轻飘浮在空中的碧色"萤火"慢慢流动,如水,似星,美得像一个梦。

"啊啊……世界很大,有多少日夜独往;

啊啊……旅途漫长,共一曲歌谣相伴;

我走过许多地方,也一直四处张望,我不停流浪,流浪……"

藤月微闭着眼睛,完全沉醉在歌曲的氛围里,仿佛真的看见了那些星河、云朵、霞光……

少女的声音轻盈悦耳,像圣洁雪山上那一抹皑皑的雪线,虽然在漫天流光中人们看不清她的相貌,但没来由地,就是觉得荧光中的她美丽而不可侵犯,让人忍不住屏住呼吸。

许筱竹站在藤月身后挥动荧光指挥棒,伴奏在她的手下配合得天衣无缝。藤月已经好几年没有唱过歌,但受过的那些声乐训练却一点儿也没浪费,台下的人听得如痴如醉。

"春的花,夏的雨,彩虹在天上。"

一曲完毕,陶笛声音慢慢隐去,先前欢快的扬琴也沉静下来,灯光渐渐亮起,在耀眼的水晶灯光中,原本漂亮的荧光全都消失不见。藤月缓缓睁开眼睛,整个礼堂鸦雀无声。

怎么了?演出失败了吗?

藤月的手心浸出汗来,不知所措地转头看许筱竹,忽然,观众席上爆发出轰鸣的掌声。

"太棒了!这个效果是什么啊?"

"3D装置吗?公益音乐会这么大手笔?听说这种特效很贵的啊!"

众人议论纷纷。

谢幕后,藤月给了许筱竹一个大大的熊抱:"小竹!我们成功啦!"

"嗯!"许筱竹笑嘻嘻地努努嘴,示意她看身后,"嘿嘿,我们这么棒,有的人要气死咯。"

顺着许筱竹所示意的方向,藤月看到徐梦溪那张精致的脸上阴沉如水,她瞬间觉得扬眉吐气,朝徐梦溪做了个大大的鬼脸。

"哈哈哈!她真的要气死了。"许筱竹哈哈大笑。

蒹葭古风社别出心裁的表演收获了热烈的赞誉。彩排结束后,蒹葭古风社的成员被其他参演者团团围住。时间还早,许筱竹得意地向大家讲解了萤火星灯的原理,还示意了怎样操作,大家才明白那些不起眼的石头居然还有这种功效。

"哇!太神奇了吧?"先前背大提琴的女生惊叹,"这真的不是3D特效?你们的朋友好厉害啊!"

藤月被夸得不好意思:"其实也没那么厉害啦,这个灯还是需要通电源的。你看,这下面有个接电线的地方,如果没有电流刺激是不会有这些荧光的。"

其他人纷纷伸长了脖子去看,藤月笑着退让开,不经意间,她在人群外围看到徐梦溪离去的背影。

第四章 萤之光

晚上，表演正式开始了，藤月躲在后台一侧，把幕布悄悄拉开一条缝往外看，观众席上，女士们衣香鬓影，男士们西装革履，其中俊男美女不少，但没有戴着银色面具的人。

东篱忘川会来吗？

虽然理智告诉藤月，东篱忘川那么忙，一定没有时间，但她心底的某个角落还是怀着一丝小小的期待。

然而节目一个又一个地过去，藤月一直没看到心中想要见到的那个人。

"小月！小月不好了！"许筱竹气喘吁吁地赶到藤月身边，做贼似的左右看看，接着在她的耳边窃窃私语了几句话。

"什么？萤火星灯坏了？"藤月惊得一时喊出了声。

许筱竹连忙伸手捂住她的嘴："别嚷嚷，别嚷嚷！被人家听到了怎么办？"

藤月转身进了后台，来到萤火星灯的电线所连接的插电口处，发现萤火星灯的电线插头被人齐根剪断了。

"这是被人为破坏的？"藤月吃惊地问。

许筱竹使劲点头："是啊，一定是徐梦溪这家伙！我看她先前就在探头探脑的，原来是不安好心！"

"现在说这些都没有用了，"藤月拈着断成两截的电线，神情凝重，"我们的节目如果没有了萤火星灯，就只是一个很普通的独唱啊！怎么能成为压轴表演？"

蒹葭古风社的成员闻讯后都围了过来，一个男生皱着眉头说："这个萤火星灯恐怕得由专业电工来换一根新的电线了。可是现在找人还来得及吗？马上就到我们了。"

男生话音刚落，工作人员就过来提醒他们，下一个节目就该蒹葭古风社上场了，气氛一下子沉重下来。

藤月咬了咬牙："没办法了，上吧。"

也只能硬着头皮上了。

偌大的礼堂里灯火通明，观众们还没从上一个节目的韵味中回过神来，有的在窃窃私语，有的露出莞尔一笑，等待着今晚的最后一个节目。藤月的目光在观众席上来回扫了好几遍，还是没看到疑似东篱忘川的人物，只好点点头示意大家按照之前排练好的那样上台。

蒹葭古风社刚上台就引发了观众们的惊奇。

"什么？是民族乐器合奏吗？我是冲着藤大师的关门弟子来的啊。"

"节目单上写的不是楚柳昉古琴独奏《春江花月夜》吗？"

"刚刚主持人已经说过了，原演奏者因故不能参与演出，这个是新的表演嘉宾，应该和楚柳昉的水平差不多。"

顶着巨大的压力，藤月示意扬琴手开始演奏，因为萤火星灯已经坏掉，舞台上的灯自然也就留了下来。白色的灯光汇聚在扬琴手身上，瞬间的压力让她差点儿弹错一个音，虽然很快被许筱竹的指挥拉了回来，但演奏扬琴的女生心情却没有平复，脸色一阵青一阵白，好像随时都会崩溃。

其他成员也好不到哪里去，有些人紧张得腿都在发抖。看着大家强装镇定的样子，许筱竹急得冷汗都冒了出来……自从有了萤火星灯以后，蒹葭古风社的成员们都习惯了在黑暗中演奏，谁也没有做好面对这么多观众的心理准备啊！

他们能顺利表演完这首《彩虹》吗？

"我路过山峰，我遇见海洋，水晶斑驳海面上，七色的风帆……"

藤月深吸一口气开始唱歌，她精灵般美丽的外表和轻灵的嗓音吸引了大部分观众的注意力。

不过有些观众的脸上还是带着疑惑：女生独唱？如果这就是压轴表演，也未免有点儿轻率了吧？

没有了神奇瑰丽的萤火星灯，原本节目的一百分效果只剩下五十分，

而偏偏蒹葭古风社的成员还承受着巨大的心理压力,等藤月唱完了一段,原本该有的笛声却迟迟没有出来,只剩下其他的伴奏在尴尬地重复这段旋律。

"张佑,你干什么呢?"许筱竹怒视着本该演奏横笛的男生,做口型道。

藤月忍不住偷偷往后瞥了一眼,只见张佑满头大汗,脸色白得像一张纸,好几次拿起笛子放到嘴边,手却抖得像筛子一样,怎么也拿不稳。很多观众发现了不对劲,纷纷指指点点起来。

完了!

藤月的脑子里"轰"的一声,连自己接下来要唱的歌词都忘了个一干二净。

她搞砸了柳昉哥哥的表演,她要怎么面对他?还有蒹葭古风社的成员,都是被她拉来表演的,这次演出过后,他们会不会成为众人的笑柄?许筱竹那么要强的人,以后可怎么面对齐非旭和风雅颂?

只不过短短几秒,藤月的脑海中就电光石火一般闪过无数个念头。舞台上刺眼的光束笼罩下来,仿佛一座看得见摸不着的樊笼,将她和众人都困在了里面……渐渐地,旋律弱了下去,蒹葭古风社的成员都停下了手中的演奏。

完了完了,一切都完了……

"啪嗒。"

一声微弱的开关响,整个礼堂顿时陷入了一片漆黑,观众席上聒噪起来。

"是谁把灯关了?"

"恶作剧吗?这也太不尊重演奏者了吧?"

"搞什么名堂?这也是演奏的一个环节吗?"

就在藤月也一头雾水时,观众席中响起一阵幽幽的笛声,接上已经断开的旋律,那音色是如此清亮悦耳,恍若空中明月,潺潺清溪;又恍

若一阵清风吹开水波，泛起阵阵涟漪。

一点碧色缓缓升起，仿佛小小的萤火虫飞进礼堂，随着笛声婉转，很快又有更多的绿色荧光升了起来，藤月懵懵懂懂地呆立在舞台上，完全搞不清楚现在的情况，她身后传来许筱竹的嘀咕："怎么回事？是谁找了电工把萤火星灯修好了吗？"

萤火星灯的效果超群，很快，礼堂就渐渐亮了起来，不知道是谁大喊了一句："是东篱忘川！东篱大神！"

众人循声望去，一个穿着黑色礼服的高大身影正静静伫立在观众席间，脸上戴着银色面具，瞬间吸引了全场观众的注意力，那标志性的白色玉笛横在他那绯色的唇边，《彩虹》那优美动人的旋律如流水般倾泻而出。

藤月的嘴巴张成了"O"形。

"哇！值了值了，想不到最后的压轴嘉宾是东篱大神！"

"嘘……安静点儿听表演！肯定超棒的！"

东篱忘川吹奏完一段，面具下的唇扬起一抹微笑，轻轻伸出手朝舞台上的藤月做出一个"请"的手势。这时，大家才如梦初醒，伴随着漫天的荧光继续演奏起来。

美丽如精灵的少女，神秘优雅的古风圈大神，一个嗓音纯净如皑皑白雪，一个笛声低沉如情人低诉。两个人虽然是第一次一起演出，却配合得天衣无缝。东篱忘川的助阵不但让观众们沸腾，还激发了蒹葭古风社成员的极大热情，全都超水平发挥。

一曲结束，观众们不约而同地站了起来，热烈的掌声简直要把礼堂的屋顶掀翻。

"太棒了！这个灯光效果太好看了！"

"这首歌真好听！叫什么名字啊？我要去买黑胶唱片来收藏！"

"东篱大神，我是你的粉丝，啊啊啊！"

第四章 萤之光

5

"今天'萤之光'公益音乐会的最佳表演嘉宾是——蒹葭古风社！欢迎代表上台领奖！"

东篱忘川的突然现身，让主持人脸上的笑容也如春风般灿烂。藤月现在还如坠梦中，她领着伙伴们一步一步走上台阶，仿佛踩在云端，脚下软绵绵的，分不清是现实还是梦境。

"最佳表演嘉宾的奖品是一套精美的乐器模型，奖品由琳琅琴行提供。有请颁奖嘉宾——琳琅琴行的首席琴师，白石先生！"

听到这个名字，藤月的思绪猛地被拉了回来。一位穿着亚麻色衬衫的年轻男人走上舞台，朝蒹葭古风社的成员们走过来。他的人气也很高，上台时，观众席上不少女生都兴奋地举起了应援牌。白石的目光扫过藤月，俊美的脸上依旧没有什么表情，似乎并没有认出她来。

藤月吃惊地看着他，果然是当时救了她的白衣男人，原来白石是琳琅琴行的琴师。

"这个人好帅啊！"许筱竹捅捅藤月的腰，低语道。

还没等藤月反应过来，白石就站到了她面前。

"又见面了，恭喜你们。"

舞台上的暖橘色灯光为白石的眉眼染上了一丝暖色，他拿过一个小巧精致的古琴模型放到藤月的手心，又给了许筱竹一支笛子模型。他身后的礼仪小姐手里托着另外六种形状各异的乐器模型，这些模型大概巴掌大小，造型古朴。藤月好奇地拨了拨古琴模型的琴弦，惊奇地听到了"铮"的琴音。

颁完奖，白石站到藤月的身边，合影留念，他的心情似乎非常不错："这些八音模型都是仿照原物制作的，如果你们愿意的话，全都可以演奏。"

"哇！好神奇啊……"许筱竹瞪着手里的笛子。

"'八音'是古代乐器的统称，指金、石、土、革、丝、木、匏、

竹八类。这些乐器流传了几千年，到现在也就是我们常常看到的青铜钟、磬、陶埙、鼓、琴、柷、笙，还有笛子。"白石耐心地解说起来，"传说中有一位叫作师旷的著名乐师，他精通这八种乐器，演奏的曲子可以令百鸟朝凤，死人复生，甚至可以演奏亡国或者兴旺之曲，十分厉害。"

"这是真的吗？世界上还会有这么厉害的人？"第一次听到八音的传说，藤月听得津津有味，她追问道。

白石看了她两眼，扯了扯嘴唇："当然不是真的，这只是传说而已。"

合影环节结束后，藤月刚和大家一起走下舞台，就被团团围了起来，蒹葭古风社的成员一个个兴奋地找她"兴师问罪"。

"好啊，藤月！你都不告诉我们，你居然偷偷准备了这么强的'秘密武器'！"

"是啊，好险，张佑的笛声好久都没出来，我的心都吓得快要跳出嗓子眼了！"

一旁的张佑挠挠头，满脸歉疚："对不起大家，我拖后腿了。"

"行了，张佑，"许筱竹豪爽地拍了一把张佑的肩膀，"要不是你掉链子，大家也听不到东篱大神那么美妙的笛音啊！"

许筱竹的话引得一阵哄堂大笑，藤月被大家夸得十分心虚——所有人都说东篱忘川是她找来的最强帮手，可只有她自己知道，这一切只不过是意外。她想找他道谢，可他已经不知所终，像来时一样神秘地离开了。

可他还是来看了我的表演，还帮了我……我们。藤月安慰自己道。

按捺住心头淡淡的失望，她的胸口涌动的更多的是感动，东篱忘川并没有因为她是透明小粉丝而忽略她，他真是一个温暖的人啊！

正在恍惚间，一盏萤火星灯映入了她的眼帘，她拿起来看了看，萤火星灯原本被剪断的电线插头完好无损了。

是谁修好的呢？藤月脑海中闪过一丝疑惑，再仔细看时，那一头许筱竹已经在叫她了。

"小月，你还在磨蹭什么呢？去卸妆换衣服回家啦！"

"噢,就来!"藤月放下手中的萤火星灯,跟了上去。

一行人往更衣室走去,路过一间化妆室时,虚掩的门后面传来一道激动的声音。

"让我和藤月道歉?门都没有!"这是一个熟悉的女声,尖锐高亢。

听到自己的名字,藤月意外地停下了脚步,许筱竹拦住大家比画了个"嘘"的手势,一群人偷偷摸摸地蹲在门口听起墙脚来。

令人意外的是,和徐梦溪争论的也是个熟人——风雅颂文学社社长齐非旭。

"可这件事明明是你做错了啊!"齐非旭的声音十分严肃,"如果不是我亲眼看到,我是绝对不会相信你会破坏蒹葭古风社的灯的!你为什么要这么做?"

"果然是她!"许筱竹气得跳起来就要往里冲,被藤月一把拉住。

徐梦溪不服气地嚷嚷:"齐非旭,我破坏那个灯是想帮你们啊!藤月她们能得到最佳表演嘉宾,无非就是靠这些破灯。如果没有了这些破灯,你们不就赢了吗?"

"住口!"齐非旭暴怒,"我们风雅颂文学社才不稀罕这样的胜利!我们对音律并不那么精通,所以才会请你这个'古风女神'来帮忙的!如果你不愿意跟蒹葭古风社的人道歉,那么我去!我告诉你,我们风雅颂赢也要赢得光明正大!"

齐非旭这番义正词严的话,让藤月刮目相看,也让她身边的许筱竹一脸震惊。

"你……"

房间里传来"哐当"撞到什么东西的声音,一个白色人影怒气冲冲地拉开门出来。徐梦溪和藤月打了个照面,冷哼一声,咬牙切齿地跑掉了。

齐非旭跟在徐梦溪的身后出来,见到蒹葭文学社的众人,白净的脸上瞬间涨得通红。

"许……许筱竹……"想到自己说过的话,齐非旭一咬牙,硬着头

皮站到许筱竹面前，"这一次是我们输了，你们的表演很……很棒！"

许筱竹一愣，冷冷地一仰头："那是当然，下一次你们也会输。"

说完，她一路高昂着头领着大家回到了自己的化妆室，门刚关上，整个房间里就爆发出蒹葭古风社成员的大笑声。

宿敌低头的感觉，真是让人神清气爽啊！

第五章

冥月子母琴

"啊啊啊!"

一双素白纤细的手无比粗暴地扫过桌子,把桌上所有的东西都扫到了地上,即便是这样还不解恨,手的主人又捡起一个摆设用的水晶球,狠狠地砸在地上摔得粉碎。

"藤月!你这个扫把星!"

"萤之光"公益音乐会上,徐梦溪实在不想让藤月抢了自己的风头,因此趁着大家做准备时偷偷剪断了所有萤火星灯的电线,可没想到却被齐非旭看到。她苦心经营了这么久的"女神"形象毁于一旦,不但没有拿到"最佳表演嘉宾",还被抓到了把柄。真是倒霉透了!

徐梦溪发泄够了,气喘吁吁地瘫倒在沙发上,打开手机刷起了微博。

我见青山多妩媚:梦溪女神什么时候才会出新的舞蹈视频啊?我等得头发都白了!

闪回回忆:每天晚上伴随着梦溪女神的歌声睡着,感觉真的好幸福啊!女神不要为那些流言蜚语伤心,边唱边跳多活泼,看那些老古董弹琴,我都要睡着了。

大人物:哈哈哈,老古董,别以为我看不懂你们说的是藤仲,人家好歹也是古琴界的权威,被你们说成这样!啧啧啧,我要是他我就得哭了。

徐梦溪常常在自己的社交平台发表对传统古琴演奏的鄙视,连带着她的粉丝也受到了影响,她一遍遍看着自己微博下面粉丝们充满溢美之词的夸奖,时不时给几个嘲讽藤仲的粉丝点赞,仿佛这么做能从中汲取力量。

"藤月……"看着网友们热闹的议论,她抬起眼睛,精致的眉目间掠过一丝阴霾。

第五章 冥月子母琴

"萤之光"公益音乐会过后,蒹葭古风社的名气在中北科技大学里突然响亮起来,报名入社的学生暴增,许筱竹忙得脚不沾地,也给了藤月偷懒的机会,可以好好写小说。有了这次市音乐厅表演的经验,藤月写出来的情节也更加真实深刻,得到了诸葛千兔的大力夸赞。

正当藤月被夸得飘飘然时,楚柳昉忽然敲响了她的房门:"小月,你现在有空吗?"

"柳昉哥哥?"藤月摘下耳机,疑惑地看着楚柳昉走进她的房间。

"小月,你知道最近网上有一个帖子突然爆红,传得沸沸扬扬吗?"

"什么?"

"你看了就知道。"

楚柳昉秀美的脸上阴沉如水,他在藤月的电脑上敲了一行字,很快页面就跳出一个鲜红的标题——

古琴界大师藤仲:一代大家晚节不保,脸皮奇厚无比;孙女狂蹭古风大神热度,是花痴还是功利?

藤月念出这个标题,气得汗毛都竖了起来:"是谁?谁居然写这么无聊的东西?"

这个人一看就不安好心,然而爷爷向来恬淡闲适,连上网都不会,谁会对他有那么大的敌意?

"这不是无聊写出来的东西,"楚柳昉也很生气,薄薄的唇抿成一条直线,"我看完了这个帖子,里面说到了冥月古琴丢失的事,还有你在'萤之光'音乐会上的事,除了在关键的地方歪曲事实、抹黑藤家以外,我发现这个人对古琴还有一定的了解。"

"这个帖子……居然已经有十几万人跟帖讨论了?而且大多数都是骂我们的。"

藤月忧心忡忡,最热门的几条留言都是幸灾乐祸的。她完全不能理解,明明这些人都不认识她和爷爷,为什么能隔着屏幕说出那么残忍的话呢?

冥月古琴的丢失，已经对爷爷造成了巨大的打击，她简直不敢想象爷爷看到这些网络留言以后，该多么伤心。

"人就是这样，总喜欢看热闹，而且恶意总是要比善良更受欢迎……"楚柳昉的眼睛里掠过一道暗光，他揉揉藤月的头，"老师虽然不会上网看到这些，但现在已经有记者想要采访他了，我得跟在他身边挡住。小月，你能帮我查出幕后散播谣言的那个人吗？"

"当然！"藤月攥紧拳头，眼里闪烁着坚定的光芒，"要我怎么做？"

不管世界上有多少恶意，它们注定都会被光明驱散，一直以来楚柳昉都是那么正直而优秀，无论发生什么事都挡在她的前面，如果说他是她的指路明灯，那么成为东篱忘川的粉丝以后，藤月觉得自己人生的灯塔又多了一个。

她要时时刻刻记得，和他们一样，成为闪耀着光芒的人！

第二天是周末，藤月按照楚柳昉写给自己的小字条的地址，搭公交来到了城南闹市的一个高档小区。

"花中城？"她抬起头，念出灰色大理石门上的三个字。透过花纹繁复的铁艺栅栏墙，依稀可以看到小区里影影绰绰的花草——缤纷的粉色和鹅黄藏在银灰色钢铁背后，仿佛一个个小小的仙境。

楚柳昉虽然已经毕业，但他作为中北科技大学曾经的风云人物，一听说他要找出幕后发帖人，一个学弟特地给楚柳昉推荐了一位"高人"，据说那个人对计算机数据特别厉害，楚柳昉就把学弟给的地址交给了藤月，吩咐她按照这个地址去找人。不知道为什么，提到计算机，藤月的脑海中老是会浮现出一张温润如玉的脸。

你到底在想些什么啊？怎么老是想到易川竞？

暗自骂了自己一句，藤月按下门铃，堆起笑脸："您好！我是藤月，楚柳昉让我来找您……"

她话还没说完，门就开了，一张白玉般洁净的脸出现在藤月面前，

那个人黑曜石般的眼睛里含着笑意,高大的身影挺拔似松。

藤月瞪大眼睛:"易……易川竞?"

"没……没想到啊……哈哈哈……你居然就是柳昉哥哥让我来找的'高人'。"藤月捧着一杯橙汁,局促地坐在沙发上,尴尬地说道。而易川竞坐在电脑桌前。

她努力控制自己的眼神不要到处乱瞟,但还是被这间风格独特的公寓吸引:黑白方块的毛绒地毯、冰冷的灰色大理石茶几、黑色简约落地灯、靠近阳台落地窗的纯黑工作台……入目之处只有黑、白、灰三种颜色,极其简约,却又带着让人说不出来的奇异美感。

易川竞好像懂得读心术,开口解释:"别奇怪,我卧室的装潢可不是这样的,只有客厅布置成这样,因为黑白灰三种颜色更加容易让我放松,适合思考而已。"

"噢,"藤月点了点头,十分老到地说,"我以前看书上说,喜欢黑白灰这三种颜色的人,性格比较孤傲,虽然可能表面上和蔼可亲,但其实不容易接近呢!"

"是吗?"易川竞被逗笑了,唇角扬起一抹弧度,"那照你这么说,我很孤傲咯?"

"啊?我……我不是这个意思……"

眼看谈话陷入窘境,藤月慌了,易川竞憋着笑,欣赏了一会儿她傻傻的模样后,才主动打圆场:"好吧,关于我的爱好和性格,以后你会了解得更清楚的,现在我先工作,你随便看吧。"

易川竞立马就进入了工作状态,藤月终于松了一口气。易川竞的电脑非常奇特,他的电脑只有一个主机,显示屏却有三个,并排放置,每个屏幕上分别显示着不同的画面。办公桌上还摆放着很多她不认识的高级装备,她依稀在科研新闻上看到过。

恶意发帖人很明显是针对藤家来的,也做了防止被人找到的措施——他,或者她,用的是一个叫"星月菩提"的小号。这个小号没有

任何好友,楚柳舫也没有找到任何关于这个小号的发帖记录,线索就此中断。

然而,易川竞似乎很有办法,他双手"噼里啪啦"地在键盘上快速敲击着,电脑上被打开的页面上显示出一连串数字和字母,不断变化着。

藤月充满敬畏地看着易川竞操作,目光无意中扫到了电脑桌面上的一个音频文件。

"逐月?"她下意识地念出了文件名。

易川竞敲击键盘的手顿了一下,抬起眼睛瞥了一眼藤月:"啊,这个是……"

"不用说了,我都知道!"藤月一拍他的肩膀,豪爽地打断了他,"想不到啊!你也是东篱大神的粉丝!"

她就说呢!怎么越看易川竞越顺眼,原来他也喜欢东篱大神!天下粉丝是一家嘛!

"呃,"易川竞被噎了一秒钟,"算了,先别管那些,你来看看。"他抬起一只手指在屏幕上的一处。

"我使用了一些技术,定位了发帖人的地址。"他轻描淡写地说,"你先确认一下,这个 ID 名没错的话,这个 IP 地址就是发帖人的住处。"

"星月菩提……是这个没错。"藤月目瞪口呆,"这么快吗?"

易川竞这么简单就找到了对方?要知道,她和楚柳舫昨天可是研究了一整夜啊!

第一次见识到了"计算机大神"的威力,藤月佩服得五体投地。听到她的感叹,易川竞笑了起来。瞬间,藤月感到一抹清风似乎拂过面颊,让她的脸无端端灼热起来。

"确定是这个就好办,你等一下,我马上定位到这个人所处的位置。"易川竞一无所觉,边敲键盘边盯着电脑屏幕说。

易川竞认真的样子好看极了,他的手指修长白皙,敲击在黑色哑光键盘上,似乎也轻轻拨动了藤月的心弦。

第五章 冥门子母琴

记得爷爷说过,最佳的琴师,在刚一出场时,别人最初注意到的一定是他的手。

而易川竞的手洁白如玉,强健有力,藤月虽然从一进门就没看到他家有任何乐器,可没来由地,她下意识地觉得他的手,是一双天生属于琴师的手。

"找到了。"易川竞在键盘上敲下最后一个键,屏幕上飞速地显示出了一个地址。

仙后市苍羽街534号苍南小区12幢1单元505,徐梦溪。

"徐梦溪?又是她!"

回到家,藤月跟楚柳昉说明了调查结果后,他愤怒地站了起来:"你知道吗?我今天阻拦了几个想要闯进家里采访老师的记者,结果发现他们根本就不是正规记者,而是被人收买的狗仔,故意来给老师添堵的!我看八成是这个徐梦溪做的。"

"太过分了!"藤月攥紧拳头,"不行,我一定要找她问个清楚,为什么要这么针对我们?"

两兄妹气势汹汹地杀到苍南小区,按响门铃。徐梦溪打开门一看是藤月,吓得花容失色,倒退了两步。

"藤月?你怎么知道我家在哪儿?"徐梦溪一脸心虚。

"你在网上发帖,还雇了狗仔来骚扰我爷爷,我是来找你算账的!"

"话可不能乱说,你凭什么说是我?"徐梦溪色厉内荏地叫嚣着。

楚柳昉冷着一张俊颜:"我们既然能找到你的地址,当然也有你做坏事的证据。徐梦溪,身为公众人物,你该不会不知道你故意抹黑别人的证据一旦被公布出去,你会惹来什么样的麻烦吧?"

听闻,徐梦溪的脸色一阵青一阵白。娱乐公司的规则非常严苛,她可不满足于当个小小的"古风女神",她的目标是进军演艺圈,可如果在出道前就有了黑料,恐怕今后她的星途是不会坦荡了。

"你们要干什么?"徐梦溪强行镇定下来,看着藤月,"你们今天来找我,肯定不只是告诉我,你们能找到我家地址吧?"

"道歉,把你做的这些事公之于众,并且恢复老师和小月的名誉!"

然而,楚柳昉的要求被一口拒绝。

"不可能!如果我现在道歉,那和承认自己抹黑别人有什么区别?不行,我绝对不能公开道歉。"

徐梦溪瞥到楚柳昉变得铁青的脸色,语气又缓和下来,她口气生硬地对藤月说:"那个,你不是很想看我的琴吗?只要答应不让我道歉,我就让你看。"

藤月一下子愣住了,她没想到徐梦溪会拿这个来要挟她,不过以她和徐梦溪的关系,如果现在不答应,可能以后也没机会看到徐梦溪那把古琴,一辨真假了。

"怎么样?"徐梦溪追问。

看着藤月洁白的小脸上满是迟疑,楚柳昉蹙起修长的眉毛:"什么琴?小月,你该不会是想答应吧?"

"那可能是冥月啊……柳昉哥哥,我们看一眼吧,就看一眼!"藤月抬起眼睛,浅褐色的眸中满是央求。

楚柳昉向来拿藤月可怜兮兮的样子没辙,最终还是让了步:"行,不过她还是要道歉,只是不用发在网上。"

"那就这么说定了!"像是怕他们反悔一样,徐梦溪转过身快步朝自己的卧室走去。

徐梦溪不愧是网红女神,房间里到处都是粉色的物品,更夸张的是,有一面墙都贴着亮闪闪的水钻,拼成一个大大的"SHELLY",她的电脑和麦克风上也都贴满了夸张的白色羽毛。

徐梦溪的英文名是SHELLY,因此藤月看到见怪不怪,而楚柳昉皱着眉头打量了两眼,露出嫌弃的神情。

"你不是要看吗？喏，自己看吧。"徐梦溪从白色大床底下拖出一把古琴，重重地扔在藤月和楚柳昉面前。她这个举动让楚柳昉更加看不顺眼了，他爱琴成痴，就算是普通的练习琴也会每天擦得一尘不染。

楚柳昉忍了又忍，还是忍不住开口："你怎么能这样扔琴？这样很容易坏的！"

"这是我的东西，我想怎么扔就怎么扔。"

藤月"唰"地揭开盖在琴上的白布，楚柳昉猛地变了脸色："冥月古琴？"

他快步走上前，蹲了下来。

古琴有三尺多长，比市面上一般的琴要略窄一些，形状恍若一轮弯月；玄色古朴，圆弧形的面板线条流畅，底板平滑，象征着"天圆地方"。

楚柳昉俊美的脸上神色严肃，他细细端详了一会儿，又伸出手摸了摸琴弦。

"怎么样？"藤月满怀希望地问。

"不是真品。"楚柳昉抬起眼睛，言简意赅地下了结论。

"这把琴的确仿得不错，乍一看我也差点儿被骗过去，"迎着藤月难以置信的目光，楚柳昉摇摇头解释，"冥月古琴已经有一千多年的历史了，就算保存得再好，面板上肯定也有断纹，可你看这把琴，表面光滑如新，哪有什么断裂的痕迹？"

藤月摸了摸琴身，果然所触之处都十分平滑，完全没有硌手的感觉。

"还有这琴弦，分明是尼龙掺了钢丝做的弦，"楚柳昉站起身来，嘲讽地对徐梦溪说，"古代哪来的尼龙钢弦？哪怕是现在，正统学习古琴的人也不会用这种投机取巧的琴弦，因为这种弦的声音清脆，却一点儿古琴的韵味都没有。为了在直播的时候琴声更响一点儿，你也是煞费苦心。"

自己动的手脚全都被说中，徐梦溪铁青着一张脸，恶狠狠地瞪了楚柳昉一眼。

"那……"藤月的心里空落落的,"这把琴是仿制品,真正的冥月古琴的线索岂不是又断了?"

楚柳昉轻轻拍了拍她的肩,没有吭声,仿佛是无言的安慰。

难道她又要无功而返吗?

藤月呆愣愣地看着地上的琴,满满的都是不甘……它实在太像冥月古琴了。她当初也是好不容易才看过一次真品,认错也是难免的,要仿成这样,徐梦溪应该也花了不少心思……

等等!

仿制品……徐梦溪……

"不对!你还是有事隐瞒了我们!"藤月一下子抓住徐梦溪的胳膊,她那双浅褐色的眼睛里仿佛有火在燃烧,"冥月古琴非常珍贵,所以从未对外展览过!按道理来说,你不可能见过真正的古琴,可你这把琴仿制得这么好,其中一定有猫腻!"

一下子,楚柳昉也被提醒了,他猛地警醒起来。

"没错,这架琴和冥月古琴外表分毫不差,我刚刚用手丈量过,就连长度相差也绝对不超过一毫米!这绝对是很熟悉的人参照着真正的古琴样子做出来的!就算没有实物,也绝对有图纸之类。"

徐梦溪的脸憋得通红,她知道今天自己不说清楚,这件事肯定没办法善了。

"好吧,我告诉你们。"徐梦溪泄气地坐到床头,"起初,我根本不知道这把琴就是有名的冥月古琴,只是偶然在别人家看到,觉得造型很别致,于是偷偷拍下照片找人仿了一把。可没想到后来藤月找上我,说无论如何也想要看一眼我的琴,我这才知道这把琴原来和大名鼎鼎的冥月古琴非常相似。"

"别人家?"楚柳昉敏感地抓住了关键,"谁?"

徐梦溪抬起头瞥了他一眼,恹恹地说:"池依然家。两个月前,我参加了一次池家举办的闺蜜派对,当时池依然拿出这把琴来炫耀,说是

她们家最新的珍藏古玩,这才引起了我的注意。"

这个答案实在出人意料,两个月前,池家大小姐就在自己家的聚会中炫耀了……难道真正的冥月古琴,落到了池依然的手里?

藤月和楚柳昉对视一眼,并不是很相信徐梦溪的话,也许是他们脸上的表情太明显,徐梦溪忽然暴怒地跳了起来。

"是你们先找上门来的!我说了实话又不相信,你们到底想怎么样啊?"她连推带揉地把他们赶了出去,重重地关上了门。

"讨厌!不要再让我看到你们!"

3

从徐梦溪家出来,西边的地平线上布满了红霞,不知不觉,一天过去了。云霞瑰丽,让人感到浪漫而惆怅。

藤月跟在楚柳昉身后,深一脚浅一脚地走着。自从冥月古琴失踪后,这还是第一次出现这么明确的线索,她的心情像是坐了一趟云霄飞车,时而高高飞起,时而又跌入谷底。

隔了好一会儿,楚柳昉转过身刚想要说什么,忽然脸色一变,接起了手机。他对着电话"嗯嗯"了几声之后,挂断电话,抱歉地对藤月说:"对不起,小月,老师找我有点儿事,你可以自己回学校吗?"

"没事的!"藤月赶紧说,"既然爷爷找你,你就快去吧!"

目送着楚柳昉单薄的背影离开,藤月心事重重地往学校的方向走了几步,又不甘心地折返回来。

不行!今天她就要去池依然的家,找池依然问一问冥月古琴的事!

池依然的家非常容易找,身为CHII集团的大小姐,她不但为人十分高调,而且喜欢住在令人仰视的地方——她直接包下了"王子大饭店"最高两层的公主套房,住了进去。

"王子大饭店"是仙后市最高的酒店,也是超豪华的六星级酒店,听说顶层有最漂亮的网球场、游泳池,甚至有个自动开关,可以控制整个顶层三百六十度旋转,主人也可以借此欣赏仙后市最美的夜景。

不过,池依然的家虽然容易找,人却不是轻易能见到的,好在池依然喜欢结交各种各样的朋友。藤月找上门,死活都不愿意走,那些巡逻的黑衣保镖也不敢轻易把她赶出去。

"小姐暂时还没回来,不如您下次再来吧。"

文质彬彬的总管客客气气地拦住藤月,她不想放弃,不死心地问:"池依然什么时候回来?我可以等的!"

总管为难地说:"可您都等了两个小时了,这……"

第五章 冥月子母琴

"谁在等我啊？"

他的话音还没落，池依然那漫不经心的声音就传了过来，藤月转过身，看到一个穿着蓝色连衣裙的少女站在电梯口，身后还跟着好几个保镖，每个人手上都提着购物袋。

"小姐，您可算是回来了，这位藤月小姐等您好几个小时了。"总管如释重负地迎了过去。

池依然疑惑地皱起眉头："藤月？"她的鹅蛋脸带着一丝好奇，打量起藤月来，看了几秒钟后，突然变了脸色："啊！是你！"

池依然想起来她眼前这个女生，就是在未央花街和自己有过争执的女孩。记得那时她只是发现藤月在市音乐厅指错了路，又对藤月手里的木盒子有点儿好奇，想拿过来看看，没想到藤月反应非常大，死活不给。

"你是来找麻烦的？"池依然显然没少被碰瓷，熟稔地吩咐管家，"给她一点儿医药费，送她走。"她兴致缺缺地绕过藤月，没想到却被拽住了衣袖。

"池……池小姐，"藤月白皙的脸上浮起一丝羞赧，"我……我不是来要医药费的，我……我知道自己的要求很冒昧，但是……"藤月顿住了，自己和池家大小姐没有半点儿交情，实在是不知道怎么开口。

池依然从她手里扯过衣袖，不耐烦地说："有话快说，我没时间听你在这儿扯。"

眼看着池依然竖起眉毛，一副随时要走人的样子，藤月心一横，终于喊了出来："请借我看一下你的收藏品，那把两个月前你买下来的古琴！"

池依然的脸色瞬间垮了下来，冷冷地盯着她看："你想看我的琴？凭什么？"

"我……"

"我和你很熟吗？"本来池依然就对藤月不满，现在态度更差了，"你算什么，跑过来说要看琴我就得给你看？"

说完,池依然都懒得问藤月是从哪儿得来的消息,理也不理地就要离开。私人收藏品是非常隐私的事,在她看来,这种一上来就要看的做法可以说是粗鲁又无礼了。

"等等!"藤月想要追上来,却被池依然的保镖们拦住,情急之下,她大喊道,"对不起!可是我真的很需要看看这把古琴!这件事关系到我家人的名誉,不管你让我做什么,我都会照做的!求你了!"

池依然的脚步顿了顿,转过头:"你家人?藤仲是你什么人?"

"他是我爷爷,"藤月的心中升起一丝希望,"池依……不,池大小姐,你也认识我爷爷?我们全家现在都在寻找冥月古琴的下落,你……你愿意让我看看这把琴了吗?"

"喊,藤仲弄丢了冥月古琴,这件事很多人都知道。再说我的古琴可是通过正规拍卖行花了很多钱买的,你可不要乱说话。"池依然抱起双臂,警惕地瞪着她。

"不不不,我不是这个意思,我只是想确认一下这把琴到底是不是冥月古琴,如果是的话,我……我和爷爷一定会想办法把它买回来的!"

看着藤月诚恳的脸,池依然的神色缓和了一些:"买回来是不可能的,你们一辈子也买不起。"

其实池依然并不是真的那么喜欢古琴,只不过当时觉得买下来可以拿来炫耀一阵子,这才动了心,现在看来,给藤月看看也无妨。

不过,藤月这丫头之前那么狡猾,又是指错路,又是违背她的话,想到这里,池依然话锋一转。

"你想看我的琴,也不是不可以。"

在藤月希冀的目光中,池依然终于松了口:"不过有个条件,除非你能找来东篱忘川和我见一面,要不然我是不会给你看的。"

说完,她就再也不搭理藤月,伸伸懒腰回房间去了。

晚上回到家，藤月失魂落魄地躺在床上，攥着自己的手机怎么也睡不着。

池依然提的要求非常让人为难，可是，冥月古琴的消息也许就在眼前，她怎么样也不能放过这个机会啊！

藤月给东篱忘川发了一条长长的微信，把事情的来龙去脉都讲述了一遍。她知道，东篱忘川从来不和粉丝单独见面，也绝对不会以真面目示人，虽然她心里并不抱什么希望，但还是忍不住想试一试。

没过多久，东篱忘川居然回了一条信息。

我可以帮你。

藤月震惊地瞪大眼睛，还没来得及思考，下一条信息就接踵而至。

不过，我也有我的条件。

到了与藤月约定的时间，池依然家的豪车停在了一幢大楼前。从外表看，这幢灰扑扑的大厦一点儿也不起眼，一楼紧闭的卷闸门上还画了很多乱七八糟的涂鸦，昏暗的路灯忽明忽暗，行人路过都会忍不住加快脚步。

和偶像会面，为了展现自己最美的一面，池依然换了十几种唇膏、好几身衣服，最后才出门。她一身盛装，从车上下来，看到眼前的这一幕不由得心生警惕。

东篱大神会约她在这种地方见面吗？藤月给的地址不会有诈吧？难道藤月想骗她过来绑架勒索？

池依然正胡思乱想间，卷闸门忽然"哗啦"被拉开，藤月笑靥如花地从里面迎了出来："你来啦！快进来吧，等你好久啦！"

池依然定了定神，看看自己身后的八个保镖，心里有了底气。进就进，她倒要看藤月在搞什么鬼！

"你还真挺准时的，我还担心自己布置的时间不够呢！"

走进卷闸门里,还是看不到大楼里面的乾坤,藤月一边领着池依然和保镖们穿过长长的走廊,一边热情地说:"刚看到这栋楼吓了一跳吧?我也很不习惯来着,谁会想到呢?这么奇怪的地方居然会是举行地下表演的地方!"

"地下表演?"

还没等池依然反应过来,藤月就"砰"地推开眼前的门,瞬间,无数荧光映入眼帘,世界在池依然的眼中缤纷起来。

"欢迎光临东篱大神的个人见面会!"

一大堆陌生人席地而坐,挥舞着手中的荧光棒,耳边萦绕着东篱忘川悠远美妙的笛声……池依然从来没有观看过地下表演的经历,她坐在人群间,看着黑暗中点点荧光连成一片海洋,大家轻轻跟着和东篱忘川的每一首曲子,对她来说是如此新鲜。

"你没有荧光棒?"旁边的女生转过头来,"拿着!"

女生往池依然手里塞了一支荧光棒,还取下自己头上的粉色米奇发箍给她戴上:"东篱大神第一次举办粉丝见面会,只限定一百人,大家都是好不容易才被抽中的呢!要准备点儿道具才会更开心噢!"

"抽奖?"池依然扶着头箍,虽然不知道女生在说什么,但还是觉得十分神奇。

"你是第一次参加粉丝会吧?"女生冲她绽放出一个大大的笑容,"本来大家都要准备应援牌和礼物的,可东篱大神说不许送礼物,只要带上荧光棒,就都是他的VIP嘉宾!你看,现在你有了荧光棒,你也是VIP啦!"

"谢谢你。"池依然捧着不值钱的荧光棒,忽然间有了受宠若惊的感觉。

这还是第一次有同龄女生这么跟她说话,平等的、亲昵的……人和人之间仿佛没有距离,坐在身旁的人,就算彼此不知道名字,只要眼神交汇,都会给对方一个灿烂的笑容,这里没有人在意名字、家世,也没有人注意到谁脖子上戴了什么珠宝，坐的什么车。

东篱忘川眼眸低垂，修长洁白的手握着晶莹的玉笛，那些美妙的旋律仿佛一只只美丽的蝴蝶，在这个小小的舞台上萦绕，碧色的荧光衬托得他飘然若仙。

那个戴着银色面具的人，就离自己不到五米的距离，可是此刻，池依然根本不想去揭开他的面具了。

这一切美好得像梦一般，就让这个梦继续下去吧。

地下表演结束后，东篱忘川就像来时一样神秘地消失在后台，池依然跟着散场的人群走出大楼，和一个女生有说有笑地留下了电话，彼此约定要去看下个月临市的古风演唱会。

"怎么样？我没有骗你吧？"藤月站在路灯旁笑嘻嘻地看着池依然。池依然的外套有点儿发皱，不过她的脸上还带着兴奋的红晕，一副天真活泼的小女生模样，和先前高傲冷漠的大小姐判若两人。

"喂，"经过这件事，池依然对藤月的印象好了很多，"我说的可是单独见面，你却弄了个什么粉丝见面会！"

"可你一开始也没说单独呀！"藤月冲她狡黠地挤挤眼睛，"而且一个人多没意思，你不觉得像现在这样，大家一起玩才是最开心的吗？"

池依然从鼻子里冷哼一声："好吧，算你说得有道理。"

两个人聊天的间隙，身边不时有三三两两的粉丝路过，他们并不在这里苦苦守候，结束了就高高兴兴地回家，随着大楼的卷闸门再一次被拉上，粉丝会的魔咒也慢慢散去。池依然抻了抻有些皱的外套，又恢复成了那个冷若冰霜的大小姐。

她在保镖的庇护下坐上豪车，临关车门前，抬起头对藤月说："这周六来我家，你也可以带上懂行的朋友一起，我也想知道，自己收藏的是不是大名鼎鼎的冥月古琴。"

第六章

天鹅绒少女心

1

礼拜五晚上蒹葭古风社有演出，藤月硬是被许筱竹留了下来——自从在"萤之光"公益音乐会上得奖之后，蒹葭古风社的活动也频繁起来，两个人即使是一个宿舍的，每天也只是匆匆打个照面就各忙各的。

"你答应好的签名呢？"许筱竹向藤月伸出手。

藤月知道许筱竹一直在等这个，从包里掏出签名明信片。许筱竹连忙接过来，顿时开心得蹦了起来："东篱大神！真的是东篱大神给我的签名！上面还写了'TO 筱竹'！"

"是是是，写的是筱竹……"藤月憋着笑，看到最好的闺蜜脸上灿烂的笑容，她的心中也不由得涌上了丝丝甜意……是她想太多了吗？东篱大神，似乎对自己好得有些过分。

星期六上午，藤月匆匆忙忙赶回家和楚柳昉、泉玖会合，这两个人都和失踪的冥月古琴有关，所以她在得到池依然首肯的第一时间就发信息邀请了他们。

回到家，藤月一眼就看见泉玖坐在客厅的沙发上，一米八几的大高个，动作规矩得像个小学生，而他身旁坐着三个熟人。

藤月惊讶极了："易学长，林朗，白石大哥？你们怎么来了？"

"嗨，又见面了。"林朗抬起手打招呼。他一袭青色长衫，却无端穿出了痞痞的味道；他身旁的白石面无表情，俊朗的眉眼里一片淡漠；只有易川竞的脸上带着春风般和煦的微笑，灰色开衫配上白T恤，散发出儒雅斯文的气息，他那双幽黑的眼睛看向她时，里面仿佛荡漾起了潋滟波光。

"上午好啊，藤月。"楚柳昉从卧室里走出来，"川竞是我请来的，上次在老师的生日会上我们认识的，没想到他就是我学弟推荐的那位电脑天才，他听到后，说也想为冥月古琴的事出一份力。"

"没错，"易川竞诚恳地说，"藤大师是我父亲的多年好友，不管怎么说我也该来帮帮忙，正好林朗对古琴很有研究，所以我也叫上了他。

他又特地带上了他们店里的首席琴师白石。多一个经验丰富的人总是好的。"

易川竞这么说也很有道理,不过这么看来,这次去池依然家的一共有六个人?

这阵势会不会吓到池依然?不管了!还是鉴琴要紧!

当一行人浩浩荡荡地出现在池依然的家里时,果然把池依然吓了一跳。

"藤月,不知道的还以为你是来找碴儿呢!带了五个一米八几的男生过来。"

吩咐管家去取琴的空当,池依然站在藤月身边低声嘀咕:"不过这几个都好帅啊!想不到你还挺受欢迎的嘛……我看鱼缸边上的那个气质最好,长得好看又干净温柔。他是你们中北科技大学的男神吧?上次见过的。"

藤月循着池依然指的方向看过去,正好在鱼缸边看锦鲤嬉戏的易川竞回过头来,两个人的视线在半空中相撞,藤月蓦地低下头,心脏"扑通扑通"跳个不停。这一幕映入易川竞的眼里,他淡绯色的唇角不易察觉地弯了弯。

管家把古琴捧了出来,当他揭开琴匣盖子,露出里面玄色弯月琴的那一刻,所有人都屏住了呼吸——

"冥月!果然是冥月!"楚柳昉激动得喊出了声。

藤月也跟着激动起来:"真的吗?真是冥月古琴?"

"当然是真的,"他顿了顿,"你看,这架琴表面有梅花断纹,琴弦也带着后期修补的痕迹,况且我曾经见过真正的冥月古琴,和这个一模一样。"

"真的假的?"池依然抱着双臂站在一旁,满脸狐疑。

其他几个人都没有吭声,面带凝重,仔细端详着眼前这架琴。

107

"等一等。"

白石和林朗从旁边的托盘里拿起丝质手套,在征得池依然的同意后,俯身摸了摸古琴的表面,又轻轻在底板上敲了敲,最后他们两人还抚了抚琴弦,听到富有古韵的低沉琴音后,白石站起身来。

"的确,这把琴就是冥月古琴,"他朝藤月点了点头,她正要大声欢呼,又猛地抛下一个重磅炸弹,"不过,这并不是彗星文物馆丢失的那一把。"

藤月顿时愣住了:"白石大哥,你说什么?"

"很多人都听说过冥月古琴的名声,它是国宝级文物,古乐界的瑰宝,"池依然家绚烂的水晶灯灯光下,白石清冷的眉眼仿佛染上了一层霜,"可很少有人知道,其实冥月古琴有两把,它们是用同一块木材制作而成的一套子母琴。"

"什么?"

"不可能!"

藤月和楚柳昉异口同声。

楚柳昉清秀的面容浮起激动的红晕:"冥月古琴怎么可能有两把?师父都没听说过这件事,这一定是假的!"

"是真的。"没想到,林朗却毫不犹豫地站在了白石这一边。

"你怎么知——"藤月刚问出口,就被一旁的易川竟打断了,他俊朗的面容上神情肃然:"林朗说冥月古琴有两把,那就绝对没错,因为当初冥月古琴就是由他们琳琅琴行捐献给彗星文物馆的。"

一瞬间,大家看林朗的眼神就变了,林朗还是一副吊儿郎当的模样:"别这么看我啊,哪家琴行没有几件镇馆之宝呢?只不过我们家收藏的一直是冥月古琴的子琴,因为母琴在我爷爷那一辈就被人偷走了。"

剑眉星目的林朗,哪怕是嬉皮笑脸也不让人觉得讨厌:"冥月古琴是我们家老爷子去世前捐的,我知道的也不多,只不过我很小就听他说过冥月古琴的由来。相传这是一位古代走南闯北的商人,在一次偶然的

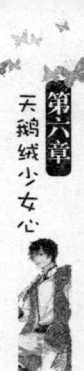

机会下去到海外，发现了一块上好的桐木，因为商人的妻子和女儿都爱好音律，所以他特地找人将桐木制作成两把琴，赠送给家中的一妻一女。"

藤月听得一愣一愣的："所以说，冥月古琴就是子母琴？"

"没错，"白石接过了话头，"子琴略小，母琴略大，这架琴长三尺六寸，而子琴则只有三尺三寸，按照琳琅琴行留下的记载，这一把应该是冥月的母琴，而彗星文物馆丢失的，应该是子琴才对。"

事实居然是这样吗？丢失的冥月古琴，并不是眼前这把……

藤月的目光瞬间黯淡下去，这时，旁边响起了易川竞那幽幽的嗓音，他轻声安慰道："不要太担心，琳琅琴行的琴典里留下了一个古老的传说，由同一块木材制作成的子母琴之间，一定存在着某种特殊的联系，只要找到其中的一把，那么离找到另一把也不远了。"

池依然家的冥月古琴,并不是自己要找的那一把,藤月和楚柳昉都十分失望。

"谁会想到,冥月古琴居然有两把!"回去的路上,楚柳昉的眉毛紧紧拧在一起,"这样一来,线索不是又断了吗?"

"柳昉哥哥……"藤月虽然也很失望,却还是打起精神来安慰他,"我们再接着找就是了。你不要压力太大啊!易学长不是说了,也许子母琴之间彼此会有奇妙的联系呢?"

"我又不是小孩子,怎么会信那个?传说中多的是神神道道的事,除非有神奇的能力,不然有谁能通过冥月母琴找到子琴?"

楚柳昉的情绪暴躁起来,被他吼了一通,藤月就连喘气也小心翼翼起来:"柳……柳昉哥哥,我错了。"

楚柳昉沉默了,过了好一会儿才开口:"对不起,我太急躁了。"

"没事,不怪你的。"藤月低下头,忽然鼻尖有点儿酸。楚柳昉哪有什么错呢?她帮不上什么忙,前几个月都是他在医院照顾爷爷,这段日子为了找琴,都消瘦了很多。

一行人离开池依然家后不久,一个高大的人影又按下顶楼的电梯按钮,返了回去。他重新走进屋子的时候,池依然正坐在桌旁喝咖啡。

"你怎么回来了?"池依然奇怪地看着来人,"落下什么东西了吗?"

那个人并没有回答,他走到桌前对她说了几句话,并且向她展示了一样东西。几乎是瞬间,池依然猛地站起身来,平时冷艳高傲的脸上迸发出异样的光彩,半是惊喜,半是如坠梦中。

"冥……冥月古琴是吧……"她颤抖着声音,"等等,我……我这就去给你拿!"

寻找冥月古琴的线索中断了,别说楚柳昉,藤月也一连好几天沮丧得提不起劲来,就连写稿都没了心思,《琴师》停止更新三天后,她接到了诸葛千兔的电话。

"什么?编……编编你周末要来仙后市?"藤月紧张地咽了口口水,听到自己干巴巴地笑了几声,"哈哈哈,好啊!欢迎欢迎,你是来这儿旅游的吗?"

"不是呀,我就是来看看你,顺便催稿的!"

电话那端,诸葛千兔元气十足的回答,让藤月不由得噎住了。挂断电话,她看了看自己断更三天的网文,心虚地淌下了几滴冷汗。

虽然诸葛千兔就住在临市,坐高铁到仙后市只要一个小时,但为了好好接待远道而来的编辑,藤月特地带上了许筱竹。许筱竹号称"仙后市街霸",不管是什么网红小吃店、精致咖啡馆,她都一清二楚。而且她热情又健谈,一定不会冷场。

"她不是你的朋友吗,带上我干吗啦……"

见藤月那么看重诸葛千兔,许筱竹心里有点儿小酸涩,不过这一点点的飞醋在见到诸葛千兔后,就消失得无影无踪——诸葛千兔居然抱着两个大大的玩具熊从高铁上下来,一见到许筱竹就往她怀里塞了一个。

"给!我在高铁站里的娃娃机上抓的,一人一个,见者有份!"

诸葛千兔本名朱歌,比藤月大三岁,因为她超讨厌自己的名字总被人曲解,所以藤月和许筱竹都叫她"千兔"。她是个开朗率真的女孩,拥有健康的小麦色皮肤,俏皮的马尾高高束起,黄蓝相间的运动服上印着可爱的小熊,整个人活力十足。

三个人结伴去吃了烤肉,又喝了奶茶,不过短短的几个小时就成了无话不谈的好朋友。许筱竹带着两位少女走街串巷,不时在可爱的首饰店或者玩偶店停下,逛逛街、买买东西,一路上还吃了很多零食,如冰淇淋、棉花糖、爆米花等,肚子吃得滚圆。

"哇!快看那边,是个 SD 娃娃的玩偶店哎!"

一家洛丽塔风格的玩偶店引起了三个人的注意。她们趴在橱窗外,欣赏着玻璃窗里展示的娃娃,其中一个古色古香,穿着银色锦缎长袍的

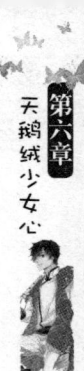

第六章 天鹅绒少女心

111

SD娃娃引起了她们的注意。

许筱竹兴奋地指着那个娃娃:"小月!你看这个娃娃手上还握着一支白色笛子!是不是很像东篱大神?"

"啊,真的有点儿像!"诸葛千兔也兴致勃勃,"不过东篱大神平时是戴着面具的,这一点儿不太像。"

藤月仔细端详着橱窗里的娃娃,娃娃做低头吹笛子状,它眉眼温柔,长长的睫毛浓密得像一把小扇子。不知怎的,她突然想起了先前在池依然家和易川竞对视的那一眼,他的目光也这般温柔,如皎洁的月色。

"我看这个娃娃,倒是和你写的《琴师》中的男主角很像,温柔、细腻,但是在关键时刻却杀伐果断。"诸葛千兔欣赏地说,"你写的那个角色,不也是除了古琴之外最喜欢的乐器就是玉笛吗?他对敌的武器也是笛子,真是帅呆了!小月我跟你说,我们编辑部收集的读者调查里,琴师已经进入'最受欢迎男主角'前三名了,你看他魅力多大!"

"知道了,知道了,我今晚回家就写稿。"听出诸葛千兔话中催稿的意思,藤月哭笑不得地回答,说完,她将目光重新落到那个古装SD娃娃身上……许筱竹和诸葛千兔这么一说,她突然意识到,原来"琴师"这个角色,是她参考了易川竞和东篱忘川两个人而创造出来的。

难怪,小说里的琴师,偶尔连她自己都觉得神秘莫测,身上笼罩着一层浓浓的迷雾呢。

三个人从白天逛到傍晚,吃过晚饭,诸葛千兔就准备回去了,临走前藤月和许筱竹依依不舍。

"时间过得太快了,"许筱竹从包包里拿出三个人买的同款天鹅绒兔子发圈,提议道,"我记得前面百货店的一楼有几台大头贴机器,要不我们戴上发圈一起去拍个照留念吧?"

"这个好!"藤月眼前一亮,拉着两个人就往百货店里钻。

　　这里是仙后市最繁华的商业街,夕阳西下,就连鸟儿都拍打着翅膀归巢了,可百货店里还是人头攒动。爱逛街似乎是女生的天性,到处都可以看到提着大包小包的女生路过。

　　大头贴机器摆在百货店的角落,紧邻着一家咖啡馆的露天卡座。这个时间,咖啡店的露天卡座坐满了人,三三两两地品尝着甜品,聊着天。

　　"啪!"

　　藤月从口袋里摸出零钱,刚要投币,就听见旁边的卡座上传来清脆的响声,紧接着,徐梦溪那无比熟悉的尖锐嗓音叫了起来。

　　"池依然,你疯了?"

　　三个人条件反射般的齐刷刷望过去,只见徐梦溪捂着半边脸站了起来,可能是怕被人发现,她戴着一副大大的墨镜。池依然穿着一身贵气十足的珍珠外套,鹅蛋脸上的神情冰冷如霜。

　　"我没疯,不过是有点儿瞎。"池依然轻轻啜了一口咖啡,"我当初怎么会和你做朋友?还相信你要做所谓的什么'原创'音乐视频,结果栽了个大跟头。"

　　"哇!"诸葛千兔看得津津有味,"这个女生好有个性噢。"

　　徐梦溪气得用力喘了几口气:"这怎么能怪我呢?我又不知道会被人揭穿!"

　　池依然"哼"了一声,不屑地别过脸。徐梦溪气得咬牙切齿,却又畏惧她的权势,半个身子伏在桌上低声向她解释着什么。

　　诸葛千兔好奇地问:"你们认识这两个人?她们是怎么回事?"

　　"你不知道?"许筱竹也压低声音,"那个戴墨镜的,就是有名的'古风女神'徐梦溪啊!对面那个穿珍珠外套的女生是池家大小姐。"

　　"是她们?"诸葛千兔瞪大眼睛,"可她们不是好朋友吗?之前还在微博上很亲密地互动来着。"

　　"嘻嘻,要不怎么说是塑料姐妹花呢?上礼拜,徐梦溪邀请池依然

合唱了一首《梦瑶池》的古风歌,可作品刚发布一天,一个国外的音乐公司就找上了门。徐梦溪一个音都没改,直接抄袭了人家旗下音乐歌手前年发行的专辑中的一首民谣。"

"抄袭?她怎么敢?"藤月也震惊了。

"一个音都没改,"许筱竹啧啧感叹,"池依然被坑惨了,她本来很重视这首歌的,聘请了顶级团队,花重金请徐梦溪去冰岛拍了MV,还在国外的电影节上打广告。结果现在,不但丢脸丢到了国外,还惹上了官司,要是我,我也想大嘴巴子抽徐梦溪啊!"

三个人恰好站在了一个绝妙的角度,能将池依然和徐梦溪的对话听得一清二楚,而对方却隔着装饰树和大头贴机器,看不到她们。

很显然,徐梦溪没能把池依然哄回来,池依然又不笨,发现了徐梦溪的真面目后,怎么还会愿意和她扯上关系呢?

"好了,不用多说了,"池依然蹙起眉头,"我们以后就当不认识,各走各的路。"

"你这是要和我决裂?"徐梦溪漂亮的脸上一阵红一阵白,她站直了身子,忽然神经质地发出一声冷笑,"哼,这样也好,你以为我很喜欢和你做朋友吗?"

池依然冷冷地看着她,一言不发。

"你看你,"徐梦溪恶意满满地打量着她,"看谁都觉得低人一等。也不想想,如果你不是池家大小姐,谁要和你这种傲慢的家伙当朋友!"

"这话说得有点儿过分了吧……"诸葛千兔嘀咕一声,许筱竹赶紧"嘘"了一声,生怕被徐梦溪听到。不过现在徐梦溪处于激动中,压根注意不到旁边有什么异样的动静。

"你以为我想和你做朋友吗?要不是为了得到你的资助,我才不想低三下四地捧着你呢!池大公主殿下,全世界的人都围着你转,你真以为是因为自己的人格魅力?"

徐梦溪越说越大声,引得旁边好几桌客人看了过来,池依然的脸上

露出难堪的神情。可徐梦溪并没有打算停下来:"你醒醒吧!我拜托你照照镜子,长得丑,穿再贵的衣服也是白搭!"

说着,徐梦溪居然举起了手,想要把先前那一记耳光还回去,池依然没反应过来,眼看着徐梦溪的手在半空中划过一道弧线,就要落在她脸上!

"喂!"池依然想象中的耳光并没有到来,一位穿着黑色长裙、脚踩白帆布鞋的女生突然跳了出来,抓住了徐梦溪的手。

"藤月?"看清女生的脸,池依然愣住了。

藤月恨铁不成钢地白了池依然一眼:"你傻啊,看她要打你,你还不躲?"

"你……你在这儿干什么?"毕竟是被人捏着把柄,徐梦溪看到藤月,声音都不自觉地低了半截。当她看到许筱竹和诸葛千兔从大头贴机器后面慢悠悠地踱出来时,更加慌张了。

"你……你们躲在这儿是想怎么样?你们刚刚不会录音了吧?"

许筱竹嗤笑一声:"是啊,而且我已经发到了网上,这下你惨了。"

"是啊,你还是快回去找经纪人商量该怎么办吧,毕竟你还没成明星呢,就这么多黑历史呀!"虽然不明白为什么许筱竹要说谎捉弄徐梦溪,但诸葛千兔还是配合得天衣无缝。

也许卑鄙的人会把所有人都想得和她一样卑鄙,听到她们这么说,徐梦溪吓得哆哆嗦嗦地跑掉了,差点儿连包都忘了拿。

"哈哈哈！这家伙真信了，"许筱竹捧腹大笑，"这么笨怎么当明星啊？"

藤月和诸葛千兔也忍俊不禁，池依然放松了紧绷的神经，神色缓和地看着她们："藤月，谢谢你。"

池依然放下了大小姐的架子，真心实意地道谢，如果不是藤月突然出现抓住徐梦溪的手，恐怕她真的要挨打了。

"没事就好，我们还要拍大头贴呢！千兔这家伙赶时间。"藤月挥挥手，招呼两个同伴回到大头贴机器前去。

池依然孤零零地坐在咖啡馆的露天卡座上，看着三个少女戴上同款发圈，在机器前摆着可爱的造型，第一次羡慕起她们拥有那廉价的发圈来。

如果她也有一个戴同样发圈的好朋友，该多好。

就在少女们开心地拍着大头贴时，在家里练琴的楚柳昉的电话"嗡嗡"地振动起来，他漫不经心地拿起手机瞥了一眼，柔美的脸上霎时露出大吃一惊的神色。

一个陌生号码发来信息，居然是一串地址，并写着——

失踪的冥月古琴已经找到。

楚柳昉猛地站起身来就要往外走，可脚步刚迈出门口又顿了下来，他低下头回了一句。

你是谁？

对方很快就回复了信息：**一个朋友。**

很显然，这不是楚柳昉想要的答案，可之后无论他怎么问，对方都始终不肯再说一句话。他犹如困兽一般在房间里转了好几圈，脸上的神色时而焦虑，时而又露出疑惑。最终，他还是咬咬牙，低下头给藤月发了条微信，下定决心走出了门。

第六章 天鹅绒少女心

琳琅琴行的内室里,一个清俊的男生微微一笑,收起了手机,他抬起脸,赫然就是易川竞本人!

林朗放下跷着的二郎腿:"阿川,你为什么要这么帮藤家?"

"因为藤大师是我父亲的朋友啊。"易川竞低下头点燃了一根伽蓝香,动作轻柔而优雅,整间斗室很快就有暗香浮动。

林朗狐疑地打量着好友的脸:"真的吗?可就算这样,你也没必要向池家那个小丫头公布自己的身份吧?被她知道了你就是东篱忘川,以后可能会有很多麻烦啊。"

"没关系,池依然不会说出去的。"易川竞坐在矮榻上看着窗外月色升起。从池依然家借来的冥月母琴正静静地放在他的身前,刚才他抚琴一曲,母琴冥冥中的呼唤得到了回应,让他确定了子琴的方位。

昏暗的光线照在他的玉质面容上,不知他想到了什么,双眸中漾起了柔柔的明光。

任谁也不会想到,这样一个温柔俊美的男生,居然就是虚拟世界里写意风流、洒脱不羁的古风大神东篱忘川。摘下了标志性的银色面具,易川竞像是战场上挥斥方遒的将军卸下了沉重的战甲。现实世界里的他,安静得近乎冷漠,就算是关系最亲近的林朗也很难相信,他会为了父亲的朋友做到这个地步。

"你暴露了自己的身份,从池依然家里借来冥月母琴,就是为了运用自己的能力寻找到失踪的子琴?"林朗挠挠后脑勺,一头雾水地分析,"然后你再把消息传给楚柳昉,让他去取琴,所以从头到尾,他都不知道你的身份。"

他越分析越糊涂:"哎,我说你这是图什么呀?你都告诉池依然自己的身份了,为什么现在面对藤家人,反倒要隐瞒了?"

"因为现在还不到公布的时候。"易川竞站起身,拉开斗室的门走了出去,"母琴我已经用完了,拜托你找个稳妥的人,帮我送还池家。"

117

"琴呢？琴呢？"藤月气喘吁吁地赶到楚柳昉发来的地址，却看到他蹲在地上，秀气的脸庞上神情恍惚，"柳昉哥哥？"

藤月刚送诸葛千兔上了高铁，和许筱竹分别没多久后，就收到了楚柳昉的微信，说冥月子琴找到了，还附上了地址。她疯了一样打车赶过来，发现这里是一座郊外废弃的造船厂，楚柳昉呆呆地蹲在甲板上，面前放着一个湿漉漉的长木匣子。

"琴在……里面，"楚柳昉声音艰涩地说，"已经坏掉了。"

藤月一愣，忙不迭地将手伸进木匣，才探进去就摸了一手的碎木渣，她看看自己的手心，不死心地探头往里看——琴断成半截，琴弦全都断了，琴尾也像是被人故意破坏了一般，缺了一小块。

楚柳昉神色黯然地摇摇头："我来时就发现琴泡在水里，连同匣子一起。这种古琴经过几千年的时间，表面本来就非常脆弱，再加上被人破坏，在水里泡了这么久……"

"怎么会这样？"藤月颤抖着声音，懊恼、愤怒、恐惧……无数情感交织在一起，像火山一样快要喷薄而出，她猛地提高嗓门："到底是谁偷的琴？他到底想干什么？"

预想过的无数情况都被推翻，窃琴的人不是为了钱，也没有珍藏冥月古琴，而是砸坏以后把琴泡在水里，像小孩子故意恶作剧似的。

她实在想不明白，为什么会有人做这样的事？

楚柳昉的脸色苍白，隔了好一会儿才抱起了琴匣："这件事先别跟老师说，我会尽力找人修好的。"

"柳昉哥哥……"

看着楚柳昉黯然又无奈的背影，藤月的心好像被一只无形的手狠狠地揪了一把。努力了这么久，终于找到了冥月古琴，为什么却是这样的结果？

这样一来，冥月古琴就算找到了，爷爷也没法向彗星文物馆交代，这个结果难道还能再坏一点儿吗？

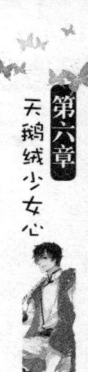

事实证明，结果还能更坏。

楚柳昉和藤月千方百计想要瞒住藤爷爷，但是冥月子琴找到的事，却无论如何都不能隐瞒它原来的主人——出借古琴的彗星文物馆。彗星文物馆的泉馆长看到破损的古琴十分心痛，五六十岁的人忍不住流下了眼泪，他摘下眼镜拭泪的样子被好事之人拍下，发给了八卦公众号。一时之间，冥月古琴的话题又在坊间热炒起来。

藤爷爷最终还是辗转得知了冥月古琴被损坏的消息，气得当场晕了过去。

"爷爷！爷爷！"

看着朝夕相伴的亲人脸色苍白地躺在担架上，不省人事地被医务人员抬上救护车，藤月难以置信地捂住嘴巴，一滴滴眼泪砸到手背上，她身边的楚柳昉更是一副深受打击的模样。

"柳昉哥哥，怎么会这样……我们不是找到琴了吗？我们不是已经……"说到这里，她泣不成声。

楚柳昉回过头："小月，我先陪老师去医院办手续，你收拾一下他的换洗衣服再来。"

藤月抹了一把脸上的泪，胡乱点点头。楚柳昉默默地跟着上了救护车，俊秀的面容仿佛被阴云笼罩，看着白色救护车"呜哇"地鸣着笛开走，藤月忽然觉得自己心里空落落的。

藤爷爷的病情并不严重，只是上一次出院后留下了贫血的后遗症，再加上听到冥月古琴被毁后一时气血攻心没缓过来，才晕过去的。他入院没多久就醒了过来，但在医生和家人的坚持下，还是决定留院观察一阵子。楚柳昉和藤月两个人约定交替着照顾藤爷爷，可因为藤月还在上学，所以平时还是由楚柳昉陪伴在藤爷爷身边。许筱竹和泉玖听说了藤爷爷住院的事，要过来探望，都被楚柳昉一一回绝了。易川竟也给藤月打了好几个电话，虽然藤月也礼貌地拒绝了，心里却暖融融的。

"医生说了,爷爷这几天还是静养比较好,谢谢学长的关心,要是需要帮忙的话,我一定会找你的。"

这天是周末,轮到藤月来医院照顾爷爷,虽然这些天她和楚柳昉的心情都不怎么美好,可她还是绞尽脑汁,使出浑身解数讲笑话耍宝,终于把藤爷爷逗得露出了这几天以来第一个笑颜。

"呼……"看着藤爷爷躺下来睡着了,楚柳昉才松一口气,"小月,还是你厉害,这几天老师整天唉声叹气,都没怎么睡觉。"

"爷爷是一个那么有责任心的人,当然会睡不着,"藤月叹了一口气,"都怪那个偷琴的人!他怎么会这么坏呢?我每天晚上都在想这个人偷琴的动机,可怎么也想不出来,难道他只是路过……"

藤月滔滔不绝地"分析"着窃琴者的动机,阳光透过医院的玻璃窗照射进来,在寂静的房间里投下一抹朦胧的光斑,楚柳昉的右手握着一个杯子,一边听着藤月发泄心中的怒气,一边出神地不知道在想什么。

"所以这家伙就是完全的变态!"藤月下了结论,她看了看始终不发一言的楚柳昉,奇怪地问,"柳昉哥哥,你拿个空杯子干什么?"

"喝水……啊?空杯子?"楚柳昉隔了两秒才反应过来,面色顿时难看起来。

藤月担忧地看着他:"柳昉哥哥,你最近是不是太辛苦了?你的黑眼圈真的很吓人。"

在她看不见的地方,楚柳昉的左手猛地攥紧,又缓缓放松下来,他试着扯了扯嘴角,脸上露出一抹僵硬的微笑:"是……是啊……"

下午,藤爷爷的精神好了很多,许筱竹给藤月打电话来问可不可以探望,藤爷爷爽快地一口答应下来。很快,大家都来了,鲜花水果篮堆满了整个床头柜,让藤月惊奇的是,易川竟把林朗也带来了。

"林朗?你怎么也来了?"

"藤老爷子在我们古琴界那么有名,我早就想来拜访啦!"林朗俊朗的脸上满是笑容。

林朗和易川竟送了藤爷爷一本琴谱，虽然没有《幽兰调》那么珍贵，但也是难得的珍品。藤爷爷被引起了兴致，和两人聊起古琴来。藤月第一次发现易川竟居然如此健谈，不只是计算机，聊起古琴来也头头是道。

"这次我住院，真是很惭愧，让你们这些孩子替我担心了。"藤爷爷坐在病床上，古琴失窃以来，他清瘦了很多，被岁月无情侵蚀的脸上露出一丝疲态，"冥月古琴失窃这件事，的确是我个人的疏忽，造成的一切后果也是老天给我的一个警告。"

"爷爷……"藤月的心狠狠地揪了起来。

"藤爷爷，您别这么说！"许筱竹快人快语地抢话，"彗星文物馆已经联系了警方，要全面调查冥月古琴被盗的事！贼很快就会被抓住的，坏人一定会得到惩罚！泉玖学长，你说是不是啊？"

木讷的泉玖被许筱竹偷偷捅了捅腰才反应过来："啊，对，对，关于冥月古琴的后续修复工作，我父亲已经联系了很多专家。藤大师，您别太担心。"

听了他们的话，藤爷爷苦笑着点点头："那就好，其实啊，我现在想担心也担心不过来了。"

"我要谢谢你们这些孩子，替我照顾小月，"他看看站在病床边的藤月和楚柳昉，"而且，我还要特别谢谢一个人——那就是我的弟子，柳昉。"

楚柳昉突然被点名，秀气的脸上露出一丝茫然，藤爷爷的目光里满是慈爱："小月的爸爸妈妈从事科研工作，在她很小的时候就前往外地，一年到头也很少回家，而我又是一个那么不称职的爷爷……柳昉，要不是你，小月也不会长成这么可爱活泼的样子。"

"老师……"楚柳昉感动地看着藤爷爷。

下一秒，藤爷爷话锋一转，抛出了一个重磅炸弹——

"所以今天，我也想向大家宣布一个消息，我将金盆洗手，从此退

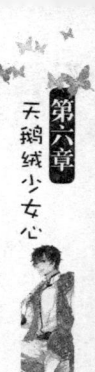

出古琴界。"

一下子，在场的所有人都被炸蒙了。

"什么？"

"爷爷你在说什么？"

"藤大师？"

藤爷爷早预料到大家会是这样的反应，和蔼地微笑起来："没错，就是你们想的那个意思，我以后不会再在公众面前弹琴了。"

"可是爷爷，冥月古琴已经找到了，我们会想办法修好的！你实在不必……"藤月急切地想要劝阻。

"小月，不要再劝我，我已经想清楚了。"藤爷爷打断她的话，摸摸她的头，"这些年，我沉迷于古琴，太专注于自己的世界，以至于忽略了你和柳昉。爷爷这几年的身体已经大不如前，想要补偿你们，以后我会在家里好好陪伴你们，这难道不好吗？"

藤爷爷抬起头，一一扫过众人脸上震惊唏嘘的表情，失笑出声："不要惋惜，我以后在家里也会继续研究和整理与古琴相关的资料，毕竟爱了它一辈子，就算是弹不动了，我也要为它留下点儿什么。"

藤月没法说什么了，她趴在藤爷爷的病床上难过地抽泣起来。楚柳昉仿佛已经完全傻了，从藤爷爷宣布要金盆洗手的那一刻，就呆愣在一旁，脸上一直维持着惊愕的神情。

"藤月。"

泪眼蒙眬间，一方素雅的蓝手帕伸到眼前，藤月回过头，看到站在自己身后的易川竟。

他的黑眸暗沉沉的，仿佛一泓深不见底的寒潭。早在听闻藤大师晕倒住院的消息后，他就在自责，自责为什么自己不先去现场看看，确认一下冥月子琴的状况。要知道，他的"能力"只能帮助确认冥月古琴的方位而已。

他看着眼前小小少女颤抖的肩膀，忽然产生了一股冲动，想要拥上去，告诉她不要怕，一切还有他在。

可是不行，现在他还没有这个资格。

"学长……"许筱竹同情地看着身旁的泉玖。

泉玖的手里也捏着一张纸巾，易川竟先他一步递过了手帕，这张小小的纸巾变得无用而可笑起来。

被人发现心事，泉玖像被烫到了一样，快速将纸巾塞回口袋里，勉强挤出一抹笑容："没……没事。"

第七章

月兔地宫

藤爷爷出院后,他金盆洗手的消息在古琴界掀起了轩然大波,记者们纷纷报道了这件事,网络上的评论分成两派,一派揪住冥月古琴失窃严重损毁的事,对藤仲严厉指责;而另一派则开始谴责无良记者和网络"键盘侠"逼迫藤仲放弃心爱的事业。

不管外界如何风波四起,藤爷爷回家的这段日子平静而温馨,他恢复了恬淡悠然的生活,对别人的评价一笑置之。两个礼拜过去,不管是古琴还是一代大师归隐的消息都慢慢被人淡忘,取而代之的是一则震惊全国的考古消息。

"近日,泾川考古队在泾川市郊发现了一座古代墓葬,随墓葬出土了一套完整的八音乐器。据随队考古学教授林教授介绍,这座古墓已有两千年以上的历史,至今保存完整……"

电视屏幕上,年轻漂亮的女主持人正在播报新闻,白皙的瓜子脸上神采飞扬,明亮的眼睛忽闪忽闪,十分有感染力,看到这则新闻的时候,藤月和许筱竹正在学校餐厅吃饭。藤月好奇地瞥了一眼:"咦?这个主播没见过呀!"

"她叫夏彤彤,是彗星市电视台的新主播。"许筱竹顺溜地接话,"她的风格挺活泼的,很多人喜欢她呢!"

这时,出现在屏幕上的一组乐器吸引了两个人的注意力。

"大家可以看到,这组出土的乐器色泽鲜亮,外形精美,保存完好的程度可以媲美梅丽博物馆中的金雀花王冠……"

身为历史系的学生,藤月深知这次考古发掘的重要性。

藤月的梦想就是当个考古队员,走遍名山大川寻访前人留下的瑰丽痕迹,看到这则考古新闻,她胸中的热血隐隐沸腾起来。

"小月,小月!"藤月看得出神,许筱竹在旁边叫了好几声才拉回藤月的神志,"小月,你的电话在响。"

"啊?哦!"

第七章 月兔地宫

藤月慌里慌张地接起电话，原来是藤爷爷打来的，恢复心态的他中气十足：“小月啊！五一假期快到了，你要不要跟爷爷一起去泾川玩？”

"啊？"藤月长这么大以来，还是第一次收到爷爷这样的邀约，她不由得一阵莫名。然而，在听完爷爷的解释后，她瞪大了琉璃般清澈的眼睛。

"小月，你怎么了？"看到藤月一副吃惊的模样，许筱竹关切地问。

藤月顾不上回答她，只是满脸兴奋地拿着手机拼命点头："嗯嗯！好的，我知道啦！"

藤爷爷事无巨细地叮嘱了十几分钟才挂断电话，藤月开心得亲了一口手机，转身欣喜地向许筱竹宣布："小竹！我可以和爷爷一起去泾川市的考古基地考察啦！"

泾川市出土的八音乐器，受到了社会各界的关注，泾川市文物局打算邀请在各个乐器领域擅长的八位专家前往研究和评鉴，而藤爷爷作为古琴大师，虽然已经宣告金盆洗手，却还是受到了国家的召唤，他本人对这套古代的八音乐器也十分感兴趣，于是答应下来，打算带着楚柳昉和藤月一起去看看。

许筱竹羡慕了一阵子，忽然想了起来："啊！对了，之前'萤之光'公益音乐会上，我们不是赢了一套八音乐器的模型吗？你把那个也带上，到时候和真正的古代八音乐器合个影，岂不是很有趣？"

"哈哈哈！对对对，"一扫之前的阴霾，藤月开心地笑出声，"这么一想，我和八音乐器真的很有缘呀！"

和温暖的海滨城市仙后市不同，泾川市依山傍水，地形平坦开阔，高楼林立的城市被群山环绕。藤爷爷一行人刚下飞机，就被前来迎接的文物局工作人员接到了发掘现场。

一个巨大的土坑出现在藤月面前，有七八间教室那么宽，她站在土坑边往下看，看到坑底依稀有石碑的花纹显现，考古工作人员像是一只

只辛勤的工蚁,小心翼翼地扫掉石碑上的泥土,竭力不破坏文物的原貌。

"哇!这真是……"她被震撼得说不出话来,憋了好久才蹦出一句,"太棒了!"

藤爷爷刚一到达现场,就被工作人员带去一旁的临时搭建的板房里,和其他专家开会讨论去了。作为他的助手,楚柳昉也跟在他身边。藤爷爷知道藤月对这种考古工作心驰神往,于是特地放她一个人到处溜达。

藤月不敢下去打扰大家工作,她蹲在坑边看了一会儿,发现这个墓穴的主人很会选地方。一眼望去,旁边到处都是郁郁葱葱的绿树,悠然见青山,这份幽静几千年后也没有被现代都市侵占。天空碧蓝,广袤的丛林被风吹得发出"沙沙"的声音,仿佛在欢迎远道而来的客人,一阵微风拂过藤月的脸,她闭上眼睛,感受着空气中传来温暖的湿意。

"这里真是一个灵秀的地方,不是吗?"

一道熟悉的男声传来,清亮悦耳,带着令人心痒的磁性,藤月猛地扭过头:"易学长?"

一袭白衬衫的易川竞站在她身后,双手插着口袋,胳膊里夹着一部银色的平板电脑。他笑吟吟地看着她,温润俊美的脸上带着春风般的微笑。

藤月目瞪口呆:"易学长,你怎么会在这里?"

"你不也在这儿吗?"易川竞没有直接回答她的问题,而是笑着问,"你不是历史系的学生吗?看到月兔地宫,有没有什么感想?"

"我……"藤月张了张嘴,意识到一点儿不对,"月兔地宫?"

"你还不知道?"易川竞指了指土坑下的石碑,"泾川出土八音乐器的不是墓葬,而是一座完善的古代下沉式宫殿遗址。你看那块碑,经过考古人员的清理发掘,在那上面发现了'月兔'二字,因此这里暂时被命名为'月兔地宫遗址'。"

"月兔地宫……"藤月的双眼闪闪发光,她念叨着,"这个名字真好听。"

第七章 月兔地宫

易川竞白玉般的俊颜上浮起一丝笑意："这座地宫占地面积极大，泾川市地质环境复杂，一时半会儿无法完成月兔地宫的发掘，所以暂时对外宣称这是一处墓葬。这里已经被严密地保护起来，无关人员绝对不能靠近。"

听到这里，藤月总算被拉回了一点点理智："无关人员……那学长你？"一个计算机系的学生，为什么会出现在被严格保护的古迹现场呢？

"我？我是被已经毕业的师兄邀请，来为地宫的发掘提供技术支持的。"

易川竞打开随身携带的平板电脑，点开一个程序，很快，整个地宫的动画模型在屏幕中浮现出来，看得藤月的眼睛都瞪圆了。

"哇！"

"这是我根据热成像仪器制作的 3D 模型，"他熟练地点击着平板电脑屏幕，模型的线条开始变化，"现在考古发掘也应用到了科技，不过这座宫殿已经被埋没了好几千年，热成像仪传出的数据不一定准确，我还需要得到进一步的数据支持，才能做出更精确的图。"

"好像很厉害的样子！"

藤月一句没听懂，不过这也不妨碍她真心实意地夸赞。易川竞一怔，终于想起了她是一个对计算机一窍不通的历史系学生。

"听不懂就算了，我工作的地点就在那边临时搭建的房子里，你无聊就来找我吧。"易川竞哭笑不得地收起平板电脑，指了指离发掘现场不远的一排小房子，蓝色的顶，是建筑工地常见的那种可拆卸的活动房间，藤月不由得肃然起敬。她去过易川竞的家，到处一尘不染，为了工作来到这种尘土漫天的地方，他真的是牺牲了很多啊！

看藤月若有所思，半天都没动静，易川竞伸手摸了摸她的头就离开了，留下她一个人傻傻地站在原地。

过了好一会儿，藤月突然反应过来。

易学长，他……摸她的头了？

129

2

眼看着太阳渐渐地落下山,西边的天空霞光万丈,映照在青翠的山巅,将整座山都染成了淡淡的粉色,如一大朵可爱的棉花糖。藤爷爷和其他七位专家开了一整天的会,仍然还没有结束,无所事事的藤月来到一排板房中挂着"网络技术部"木牌的房间找易川竞。

现在已是晚餐时分,偌大的办公室里空荡荡的,只剩下易川竞一个人。他专注地盯着电脑屏幕,双手在键盘上飞舞,阳光透过窗户投射下灿烂的金光,为他低垂的眼眸镀上了一层金芒。

他认真投入的样子撞入藤月的眼帘,让她的心弦仿佛被拨动了一下。她脑海中不由自主地浮现出上一次东篱忘川戴着面具在台上表演,而自己坐在台下,被他的光芒所俘获。现在看来,易川竞和东篱忘川很像啊!都在自己的领域散发着独一无二的光芒……

"呸呸呸!"藤月一个寒战回过神来,暗暗骂自己:藤月,你是不是脑子出毛病了,易学长和东篱大神怎么会像呢?他们一冷一热,一个沉静一个张扬,个性明明很不一样!

藤月发出的动静惊动了易川竞,他抬起眼眸,挑了挑修长的眉:"藤月?"

"易学长!"藤月不好意思地挠挠头,走到他身边,"我是不是打扰到你了?"

"还好,我已经忙得差不多了,刚刚只是在整理一些数据,坐。"易川竞随手指了一张椅子,站起身来给藤月倒了一杯奶茶,粉色的樱花杯配上淡淡的奶茶,在阳光下呈现出美丽的琥珀色。

"哇!学长,你这儿居然还有这么好看的杯子!"藤月开心地捧过来。

易川竞笑了笑:"你喜欢吗?喜欢的话,你就拿走吧。"

"那怎么行?太不好意思啦!"藤月大大地喝了一口奶茶,甜蜜的滋味在嘴里弥漫开来。喝了几口之后,杯子里忽然冒出了一只陶瓷小鸟

的头,萌萌的,可爱极了,她惊奇地瞪大了眼睛。她赶忙三下五除二地喝完了奶茶,樱花杯底部的陶瓷小鸟身体也就完全露了出来。胖墩墩的小鸟,让人看一眼都觉得幸福。

看着藤月爱不释手的模样,易川竞微微扬起了淡绯色的唇角,故意叹了口气:"这个是我不小心买错的,一看就是女生的款式。如果你不喜欢的话,我留着也没什么用,等月兔地宫的发掘任务完成,我只能扔掉它了。"

"扔掉?"藤月一把抱住杯子,"这么可爱的小鸟怎么可以扔掉?那你还是送给我吧!"

"那好吧,送给你。"

易川竞再也忍不住,哈哈大笑出声,他狭长而优美的眼睛眯成一条弯弯的月牙,藤月顿时感觉眼前仿佛有千万朵桃花盛开。他大笑的脸又和藤月心中的东篱忘川重合起来,她一时间看得发了呆。

"学长,你不是也喜欢东篱大神吗?你有没有见过东篱大神本人啊?"藤月脱口而出道。

"怎么突然想起来问这个?"易川竞愣住了,微微敛起脸上的笑意。

藤月白皙如牛奶的脸颊上浮起两团小小的红晕:"上次到你家找你帮忙时,我看到你的电脑上也有东篱大神的音频,你不也是东篱大神的粉丝吗?"

"呃……"易川竞的脸难得地红了一下,犹豫着问她,"可以告诉我,你为什么会喜欢东篱忘川吗?"

"那还用说吗?因为大神很厉害啊!做的音乐太好听了,人也很亲切,一点儿也不像外界传言的那样难以接近。虽然我素未谋面,他却无私地帮了我很多忙!"

"只是这样而已吗?"易川竞的心中掠过一抹失望。

"当然不止这些!"藤月斩钉截铁地说,"只是东篱大神的好,我没法用语言描述……因为他就是我的神啊!"

夕阳的余晖斜斜洒落，有风吹了进来，将桌上的纸页翻得"哗哗"作响。一瞬间，易川竞仿佛觉得自己被什么击中了，他表面平静无波，内心却掀起了惊涛骇浪。

"你说……什么？"

"也许我这么说很不自量力，"藤月挠挠后脑勺，不好意思地说，"可是，每当我听着东篱大神的歌，脑海中总是会不由自主地涌现出很多画面，给我创作的小说带来了很多灵感，他就是我的灵感之神。听他的歌时，我觉得自己正在经受一种考验，通过了考验，我就能触摸到他的灵魂。孤单、敏感、温暖……"

藤月抬起眼睛，正对上易川竞的眼睛，里面翻涌着许多让她看不懂的情绪，好像风暴快要来临般令人心惊。她不解地看他，刚想问他怎么了，一声呼唤传来，打断了她的思绪。

"小月！"一个颀长的身影出现在房间门口，藤月转过头："柳昉哥哥！"

看到易川竞，楚柳昉清瘦的脸上露出一丝惊讶，朝他点了点头："小月，我找了你很久，老师叫我来带你回酒店休息，问了工作人员才知道你往这边来了。"

"啊！"藤月拿出手机一看，吐了吐舌头，"抱歉！我忘记关飞行模式了，我们这就走吧！"

藤月跟易川竞道了别，就跟着楚柳昉离开了房间，全然没有注意到身后始终有一股视线黏在自己背后，直到她的身影走远。

专家们和随行人员下榻的酒店离月兔地宫并不远，那是一座私人庄园改建的，环境幽雅，步行十分钟就能走到。这个时候太阳早就沉到了苍翠的山峰之下，西边的天空只残余了一点儿红色，藤月跟在楚柳昉身后走着，她抬头看了一眼，月亮早早地升了起来，挂在枝头。

藤月一边将手揣进兜里，一边问："柳昉哥哥，爷爷他们已经开完会了吗？"

"没有，老师哪儿还坐得住啊！看到出土的八音乐器就兴奋得不得了，说今天晚上就要开始研究。"说到这个，楚柳昉也头疼起来，"我真是担心老师的身体，就怕他吃不消。"

"那怎么行？爷爷才刚出院不久呢！不行，我要叫他回去休息……"

她着急起来，说着就要折回去，被楚柳昉一把拽住，他苦笑着摇摇头："小月，别冲动，虽然老师退出了古琴圈子，但遇到自己爱了一辈子的事，怎么能轻易放下？"

"可是……"

"我把你送回酒店，就回去陪着老师。"楚柳昉柔声安慰她，"放心吧，我不会让他太勉强的。"

"柳昉哥哥……"

看着楚柳昉那温柔的面容，藤月的心里涌起一股暖流，这么多年以来，无论家里发生什么事，他都坚定地站在自己身边，陪伴着，照顾着她，就像自己的亲哥哥一样……

她上前一步，轻轻抱了抱他："谢谢你，柳昉哥哥！如果没有你，这些天我都不知道该怎么办才好了……"

也许是太过单薄瘦弱，楚柳昉的体温比一般人还要低一些，藤月的鼻尖嗅到淡淡的梅花冷香，那是他的专属味道。

"不要感谢我，小月。"楚柳昉抬起手摸了摸藤月的头，他的声音从她头顶轻轻飘过来，如月光般轻灵缥缈，"这些年以来，我最幸运的事何尝又不是遇上了你们一家人？无论如何，我都会守护你们的。"

第七章 月兔地宫

酒店餐厅里各色美食应有尽有,藤月美美地享用完大餐,回房间等了一阵,就迷迷糊糊地趴在床上睡着了,等到第二天的晨曦穿过白色窗帘,她才醒过来。

外面的天气不算好,天空阴沉沉的,一大块乌云压在酒店的屋顶上,让人看了心里堵得慌。

藤月拿过放在枕边的手机看了看,惊得一骨碌爬起来:"八点半?"

一天一夜没充电,手机电量已经见了底,不过奇怪的是,楚柳昉居然连一个微信也没有发来,电话也没打。

她草草洗漱完,就跑到隔壁楚柳昉的房间敲门,敲了半天都没人答应。她不死心地再去敲对面爷爷的房间,正巧碰上客房服务员经过,她连忙拽住询问,年轻的服务员一脸茫然:"小姐,这间房的住客昨天夜里没有回来。"

"还没回来?"藤月皱了皱眉,心里一阵埋怨,楚柳昉为什么不拦着点儿爷爷,爷爷身体才刚好没多久,怎么能让他通宵工作呢?

她气鼓鼓地走出酒店,打算去找楚柳昉算账,没走多久,一个高大的身影从她身后赶了过来。

"藤月!"

藤月扭过头,惊讶地瞪大了眼睛:"易学长?你怎么在……"

"附近就这一家酒店,"知道她要问什么,易川竞无奈地笑笑,"除了夜间值班的工作人员以外,其他所有技术人员都是住这儿的。"

"噢噢!原来是这样,那一起走吧!"

两个人边走边聊天,藤月和易川竞熟络起来才发觉他这么风趣健谈,不只是计算机天才,对历史也很有研究,说起泾川市的历史来头头是道。

"据说几千年以前,泾川市是诸侯王泾王的封地,有野史记载,泾王晚年痴迷于音律,相信有八位掌管乐器的仙人会在王侯往生时,骑白鹤,驾祥云,来迎接他前往极乐净土。所以泾王建造了一座宫殿,埋藏

了很多金银珠宝,以供自己去世后还能享受到活着时的优渥待遇。"

"只不过经过这么多年,也没有人找到那座神秘的宫殿,"身为历史系的学生,藤月对这一段野史也有所耳闻,"不过我也偷偷在想,月兔地宫中既然发掘出了八音乐器,会不会它就是那座满是宝藏的地宫呢?"

易川竟的唇边扬起淡淡的微笑:"我也这么想。"

两个人越聊越投机,不一会儿就到了前一天地宫发掘的地点,还隔着一段距离,就看到许多人围在临时研究所外,好几辆白色救护车闪着灯停在一旁,伴随着医护人员紧张的工作,人群的嘈杂声也传进了两个人的耳朵里。

"快快快!先把人抬上车,不要挡路!"

"我的天啊!怎么会这样?"

藤月脸上的笑容消失了,易川竟那双黑曜石般的眼睛里也满是凝重,护着她加快几步挤进人群:"怎么了?这里发生了什么事?"

映入眼帘的一幕让他们都惊呆了,临时研究所的大门敞开着,一个个昏迷不醒的人躺在担架上,被医护人员抬出来,他们有男有女,有老有少,都是受泾川文物局邀请来研究八音乐器的专家!

"爷爷!"看到最后一个被抬出来的人,藤月再也忍不住,就要扑上去,一个胖胖的大叔眼疾手快地拉住了她:"小姑娘你是谁?不要随便碰病人!"

在胖大叔的阻拦下,藤月没能跟着上救护车。想到爷爷紧闭着眼,安静地躺在白色担架上的样子,藤月脑子里"轰"的一声,失去了理智。

"爷爷!爷爷怎么会这样?我爷爷昨天还好好的啊!"

"爷爷?"胖大叔蹙起眉头。

易川竟沉稳地扶住藤月:"方叔叔,这位是藤大师的孙女藤月,这里究竟发生了什么事?"

原来,这位胖大叔是泾川市文物局的局长方启明,他和易川竟好像

很熟悉，露出十分苦恼的神情："我也不知道！清早八点，我接到工作人员的电话，说八位专家一整夜都待在研究所没有出来，担心是不是出了什么事。我一过来就看到门紧闭着，打开就发现八个人全都昏倒了，怎么也叫不醒。"

"怎么会这样？"藤月吃惊地问道，她无法相信这个事实，眼泪如断了线的珍珠涌出眼眶。

忽然，一双温暖的大手握住藤月的双肩，撞入她眼帘的是易川竞那双温暖的眼睛："藤月，冷静一点儿！这个时候你不能崩溃，想想你爷爷还躺在医院里，他只有你可以依靠了！"

易川竞的声音仿佛具有魔力，在他的安抚下，藤月激动的情绪缓解下来。

在这个空当，方局长已经叫来昨晚值班的工作人员询问情况了，因为月兔地宫是国家重点保护遗址，为了防止发生意外，留下来值夜班的人并不少，不过他们大多都不清楚八位专家昏迷前的情况，问了一圈，大家也只知道昨晚在藤爷爷的建议下，八位老师见猎心喜，直接就开始研究起出土的八音乐器来，中途连晚餐都是由工作人员送进去的，因为太过沉迷，他们到了零点都不肯离开。

"所以说，直到零点，他们的状态都很正常，没有什么不一样的地方？"

"是啊！"值班的保安大叔是第一个发现专家们晕倒的，他点点头，"十二点我还特地去劝说过一次呢，不过八位专家都不肯回去，所以我也只能随他们了。"

他的话让易川竞陷入了沉思，藤月的脑子更是乱成了一锅糨糊，她的眼泪流得更凶了："怎么可能呢？这么多人一起晕倒了，你们一点儿动静都没听到吗？"

"对不起，我真的提供不了什么有用的信息……说起来真是太惭愧了，其实昨天晚上我睡着了。"

第七章 月兔地宫

大叔为难地挠挠头,易川竞的目光锐利起来,白玉般的面容上如同覆了一层冰霜:"什么?睡着了?"

"对啊,昨天晚上,大概是后半夜吧,我在值班室忽然听到了一阵合奏的音乐声……真是好听啊,就像是传说中的仙乐一样……"大叔回忆道,"不过后来,我就迷迷糊糊什么都不记得了,直到今天早上才醒来,我走进房间,才发现八位老师全都晕倒在桌子旁,手上还拿着月兔地宫的乐器。"

"乐器?"藤月抹抹眼泪问。

"对啊!就是请他们来研究的那套八音乐器啊。"

藤月的心里掠过一阵怪异的感觉,迫不及待地跑进爷爷晕倒的那间房,这还是她第一次见到出土乐器的样子——这套乐器造型各异,有的仿佛瑞兽献宝,有的做成日晷造型,古朴高雅中透着一丝令人不太舒服的气息,表面的色釉都十分鲜亮,一点儿也不像是几千年前的古物。

其中,要数古琴最令人瞩目,翠绿的琴身优美流畅,如同水中一叶小舟,保存完好的琴弦在白炽灯下泛着幽幽的蓝光。

易川竞站在藤月身后,看到这把琴,幽暗的双眸中闪过一丝不寻常的光芒。

这时,全副武装,穿着防菌服的工作人员走进来,将八音乐器带走,暂时将它们保护了起来。

月兔地宫发生了重大事故,泾川文物局宣布暂时停止发掘,封存地宫现场,任何闲杂人等严禁进入。藤月也再顾不上文物发掘,易川竞陪着她赶到泾川医院,但她仍然没有见到藤爷爷。

"对不起,藤小姐,"戴口罩的医护人员拦住她,"现在病人还没有苏醒,你不能进去。"

"为什么?"藤月激动极了,"我必须看到他,立刻,马上!"

"医生专家现在还在开会,希望能确诊导致八位病患昏迷的原因,

在情况未明时,任何人都不能冒这个险。"

易川竞从身后拉住藤月的手:"藤月,你冷静一点儿,先等专家们确诊。"

无能为力的感觉糟透了,藤月第一次痛恨起自己的没用,顺带着连易川竞也被殃及,她愤怒地冲他大喊:"说得那么轻巧,那可是我爷爷啊!你的亲人都在自己身边,你懂什么?"

冲动的话刚刚出口,藤月就后悔了。

"我知道,"易川竞的眼中掠过一丝痛楚,他直视着她的眼睛,"我知道这种感觉。"

他轻轻将藤月揽入怀中,轻抚着她的发丝:"我知道亲人生死未卜的痛苦,也明白你现在的心情。可是小月,现在你一定要先保重自己!万一这是一种未知病毒怎么办?你要是贸然进去了,不也感染上了吗?"

"我……"藤月想要倔强地说就算自己感染了也没关系,然而当易川竞的体温隔着外套传递过来,温暖的感觉让她怎么也说不出口。

是啊,易川竞好心陪她来医院,她怎么能没有良心,对他说伤人的话呢?

漫长的专家会诊终于结束了,但是医生们也无法确定导致病人昏迷的原因,唯一可以确认的是他们都暂时没有生命危险,可用尽一切办法就是无法清醒过来。听到这个消息,藤月的腿都软了,被易川竞扶到一旁的椅子坐下休息。

"这种情况太奇怪了,"医生对易川竞说道,"体检结果一切正常,所有人的指标都显示他们只是陷入了休眠,就好像,就好像……"他一时语塞,找不到合适的形容词。

"就好像被人催眠了一样。"易川竞冷静接话。

"对,没错!"

和医生聊完,易川竞回到藤月身边,看着她小脸苍白,一副失魂落魄的模样,他默默地叹了口气:"小月,现在不是发呆的时候,楚柳昉

不是也跟着来了吗？他是一直跟在藤大师身边的吗？你找他问问，总比坐在这儿干着急好。"

易川竞的话点醒了藤月，她腾地从长椅上站起来："啊，对！柳昉哥哥在哪儿？"

她差点儿把楚柳昉给忘了！

从藤爷爷出事到现在，楚柳昉如同失踪了一般，居然完全没有出现，这到底是怎么回事？

藤月立马掏出手机，给楚柳昉打了好几个电话，一直是无人接听的状态。于是她跟易川竞一同回到月兔地宫遗址处，找到前一晚值班的保安大叔询问。

"楚柳昉？"大叔一头雾水，"哦！你说的就是那个瘦瘦高高、白皮肤的男孩子吧？我看到他了，他昨天晚上不是一直陪在专家们身边吗？我没看到他出来啊？"

"没出来？"藤月震惊地反问。

楚柳昉不会被困在里面了吧？一时之间，她陷入了深深的恐慌，内心又是害怕又是自责，爷爷出事让她忽略了楚柳昉，如果他就这样不见了，她该如何向爷爷交代？

"不行，我去找他！"说着，藤月就往里闯，被保安大叔拦了下来："小姑娘你不能进去，这里已经封起来了，严禁外人进入的！"

"求求您通融一下，"藤月急得哭出声来，"我哥可能还被困在里面啊！"

正当藤月手足无措间，一双大手扶住了她的双肩，她抬起头，正对上易川竞那双黑色的眼眸，他深深地凝视着她。

"跟我来。"

第八章

假面后的大神

"穿上,这是技术部的制服。"

易川竞带着藤月回了酒店,他从衣柜里拿出一件蓝白相间的冲锋衣,将藤月小巧的身躯包裹了起来,然后又拿出网络技术部特聘专家的工作牌,带着藤月从另一个入口进去,一路上都没有人拦截他们。

两个人先是直奔八位专家昏迷的房间,这里已经被工作人员清理了一遍,喷洒了消毒液,里面就连桌椅都被搬空了。

"看来这里没有什么线索。"易川竞蹙起眉头。

就在这时,隔壁房门"砰"地响了一声,他和藤月对视一眼,飞快地追了出去,然而刚才那声响仿佛是幻听一样,两个人把临时搭建的这一排板房都转遍了,都没发现任何异样。

两个人正一头雾水间,狂风突然四起,不一会儿工夫,天空乌云密布,变得漆黑一片。很快,十几米开外的地方都看不见了。

"柳昉哥哥!"眼前一道熟悉的人影闪过,藤月还没来得及看清就匆忙追了上去。易川竞没拦住她,只能跟在她身后追着喊:"小月!"

前方的路越来越暗,风卷狂沙,几乎眯住了人的眼睛。前面的人影仿佛只离自己几步之遥,一伸手就能抓到,藤月听见耳边的风"呼呼"地吹着,身后易川竞的喊声带着焦虑。

"别再跑了!前面是地宫!"

她猛地停住,这时才发现自己不知不觉间居然跑到了地宫的边缘,再往前一步就会掉进几人高的发掘现场。看着脚下"簌簌"往下掉的沙子和碎石头,她不由得捏了一把冷汗。

"藤月。"

楚柳昉的声音冷不丁地从身后响起,藤月猛地回过头,正对上他那双不带一丝感情的眼睛,他阴柔秀美的脸上浮起一丝诡异的笑容,伸手一推——

藤月猝不及防,整个人不受控制地往后倒去,她吓得失声尖叫起来:

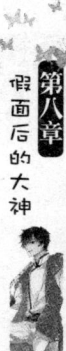

"救命啊！"

月兔地宫的深坑足有十几米，摔下去搞不好脖子都会摔断！她绝望地闭上眼睛，脑海里只有一个念头：楚柳昉为什么要这样对她？他们不是亲如兄妹吗……

就在藤月以为自己在劫难逃时，一个黑影也跟着跳了下来，在半空中及时抱住了她，几乎是一瞬间，时间仿佛凝固了。也许是幻觉，她感觉自己好像听到了一声长啸，紧接着，视线陷入一片漆黑。那个人抱着她在地上滚了两圈，不知道撞飞了什么坚硬的东西，随后停了下来。

"呼……呼……"

黑暗中，藤月听到对方的呼吸声，她的鼻尖萦绕着一缕浅浅的香味，和楚柳昉身上的梅花冷香不同，这种气味像广袤悠远的森林，又像碧波无穷的大海，带着令人心安的温暖味道。

"小月，你还好吗？身上有没有什么地方受伤？"

"易易易……易学长？"藤月惊得连话都说不通顺了。

易川竞低沉悦耳的声音在她耳边响起，说话时，温热的呼吸轻轻拂过她的脸颊。一瞬间，她整张脸都发起烫来。她既庆幸现在这里很黑，易川竞看不到她那爆红的脸，又对他不顾自己的安危，冒险救她的行为感动得无以复加。

"我……我没有受伤！学长，你有没有事？"

"那就好，我也没受伤，不过我们现在好像掉进地宫里了。"

易川竞松开藤月，她这才发现，他们身处的环境也不是特别的黑，离他们不远的地方有一个小洞，小洞里透出昏暗的光，因为外面的天气不好，她只能勉强看到洞口倒着一块石碑，其他就什么也看不清了。

"我们这是……把月兔地宫的石碑，给撞倒了？"藤月的嘴巴张成了"O"形，"这……这怎么赔得起？"

"你现在该考虑的不应该是这个吧？"紧张的气氛一下子被冲淡了许多，易川竞哭笑不得，"刚刚那个人是楚柳昉吗？你确定看清楚了他

的脸?"

"是,是柳昉哥哥没错,可是他为什么要这样对我……"

藤月的心情瞬间低落下来,虽然很不想承认,但她刚才看得清清楚楚,的确是楚柳昉本人。

一只温暖的手落在她头顶,轻轻抚了抚,易川竞的声音传来:"别想太多,我们先出去,找到他问一问就知道了。"

"嗯。"

两个人并肩往出口走去,快要走到洞口时,一滴冰冷的水珠落了下来,滴进藤月的衣领里,吓得她"啊"地尖叫一声。忽然间,地宫入口仿佛起了风,响起一阵"扑簌簌"的声音,藤月抬起头,只觉得迎面依稀有什么东西扑扇着翅膀朝自己扑过来。

"是蝙蝠!"

易川竞立马护住她的头,抱着她拼命想要冲出去,然而石碑不知道被谁竖了起来,"砰咚"一声,一下子堵在了洞口。

"该死!"易川竞低咒一声,推了两下发现根本推不开,这时蝙蝠已经铺天盖地地朝他们围了过来。这些蝙蝠显然常年穴居于地宫,虽然并不会像恐怖片里那样吸人血,却拼了命地往他们身上撞,像被什么东西驱使一样。

"啊!"藤月痛得喊出了声,"这些蝙蝠怎么回事啊?中了邪似的!"

易川竞脱下外套挥舞了几下,想要驱赶蝙蝠,但效果并不明显,他瞥了一眼身边的藤月,眸光一冷,毅然从身上拿出自己从不离身的玉笛。

一曲活泼轻快的小调从他唇边飞扬而出,时而甜美柔和,时而俏皮活跃。在听到旋律的第一段时,藤月就猛地转过头,震惊地看着身边的易川竞……这首曲子,正是东篱忘川发给她的那首无题的音乐!

当时东篱忘川对她说,这首曲子还未曾对外公布……

第八章 假面后的大神

在藤月震惊的神色中，更加令人惊愕的一幕出现了——伴随着清亮悦耳的笛音，玉笛的孔中居然缓缓飞出一只只闪着银光的蝴蝶，它们挥动着翅膀，轻盈优美地盘旋在她和易川竞的身边。蝴蝶翅膀上不断洒下如星星碎片般的磷光，轻轻落在两个人的肩头，融入衣物中消失不见。

蝙蝠们好像特别害怕易川竞的笛声，被驱散开来，不敢再往两个人身上扑。不知不觉中，两个人身边已经形成了一个真空地带，曲子演绎到结尾，蝙蝠们居然像是被催眠了一样，又按原路返了回去。

"学长……"藤月目瞪口呆地望着易川竞那张俊美的脸，这究竟是怎么回事？

为什么易川竞会吹奏东篱忘川的未公开曲，使用的玉笛也跟东篱忘川所使用的玉笛一模一样？最重要的是，为什么会有闪着银光的蝴蝶从他的玉笛中飞出？

一曲终了，易川竞睁开眼睛，凝视着藤月，两个人相对无言，好久都没有说话。笛声催生的银蝶还没有消失，像一盏盏美丽的小灯飞舞着，照亮两个人的脸。

"学……学长，"过了好一会儿，藤月才艰难地开口，她听到自己的嗓音艰涩，"你……你究竟是什么人？"

记忆中东篱忘川高大洒脱的身影，和眼前这个温柔可靠的易川竞重合，藤月觉得自己的脑子里一片空白。

"对不起，我没有及时告诉你，"易川竞抱歉地抿了抿嘴唇，"我就是东篱忘川。"

竟然是这样！

藤月惊得仿佛连表情都不会做了，她僵在原地，一动不动，直至深呼吸了好几下，才勉强让自己的心跳平静下来："可是这些蝴蝶……"

"是我的一种能力，你害怕吗？"

藤月下意识地点点头，易川竞的脸色一凝，她又赶忙拨浪鼓似的摇

摇头:"不,不不,我脑子不清楚了,你是易学长啊,我怎么会害怕呢?"

易川竞微微一愣,看着她傻乎乎的样子,心情莫名地明媚起来。

过了几秒,后知后觉的藤月兴奋地大喊起来:"你的一种能力?这怎么可能呢?"

说完,她又自言自语道:"不对,我刚刚不就看到了吗?学长,你是电影里的那种超级英雄吗?"

环绕在两人身边的银色蝴蝶慢慢消失了,四周又重归于黑暗。藤月看不清易川竞的表情,只听见他声音里带着一丝忍俊不禁的笑:"我当然不是什么超级英雄,这只是我的一种特殊能力,等出去以后我再慢慢告诉你。你能不能帮我保密呢?"

"当然……当然可以!"藤月慌慌张张地答应下来。

"那好,我们现在还是先打电话求救吧。"手机屏幕泛蓝的白光照亮了易川竞冷静的眉眼,他看了眼手机,"这下面好像没有信号。"

"那怎么办?"藤月一下子急了,掏出自己的手机,却开不了机,"糟糕,没电了。"

藤月原本兴奋躁动的心一下子沉入了谷底,易川竞将手机举高,打开手机的手电筒。微弱的光束照出一道弯弯曲曲的长廊,看起来像是通向地宫深处。

"现在我们已经无法按原路返回了,只能等地面上的人发现我们不见了,然后来找我们。不过,我们还有一个选择,那就是继续往前走,看看能不能找到其他出去的路。"说着,易川竞低头瞥了藤月一眼,"小月,你害怕吗?"

"不害怕,我们走吧。"藤月领先往前走去。

不知道从什么时候开始,易川竞不再叫她"藤月学妹",而是叫她"小月",但藤月心里一点儿也不反感。不过,她一想到自己误把易川竞当作东篱忘川的粉丝,还和他交流了好一阵"粉丝心得",脸上就忍不住火辣辣的。

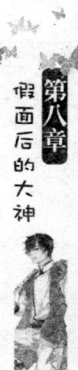

谁能想到,她心目中高高在上的东篱忘川,竟然就是她身边的人,她还厚着脸皮对易川竞说了很多花痴仰慕东篱忘川的话!

这让人怎么面对啊?

一想到这儿,藤月羞愧得恨不得立马找个地洞钻进去。

月兔地宫的走廊迂回曲折,越往深处走,藤月就越觉得阴冷。脚下的地面并不像她想象的那样坚硬,而是松松软软的泥土。里面的空间是相通的,她跟着易川竞深一脚浅一脚地走了好久,居然连一堵墙壁都没有碰到。

"这里面果然是回廊的形状,"易川竞一边走一边观察着地形,"这说明我的3D电脑建筑模型没有错。"

"学长,你真的有神奇的能力吗?"藤月第一百零一次念叨起来。

易川竞哭笑不得地敲了一下她的头:"你不是亲眼看到了吗?还在怀疑什么?"

藤月"哎呀"一声捂住头:"我这不是太震惊了吗?谁知道你就是东篱大神,还这么厉害……"

提起这个话题,易川竞沉默了。密闭的空间里,藤月忽然感觉有些不自在,她正想要干笑几声岔开话题,就听见他向自己道歉:"对不起,向你隐瞒了东篱忘川的身份,是我不对。不过我的能力和身份都有不得不保密的理由,请你原谅我。"

"没……没什么的……"藤月连连摆手,却对上了易川竞那双暗沉沉的幽黑眼睛。他的唇角扬起一抹微笑:"是你说的,既然原谅我了,出去以后可不许再翻旧账。"

3

两个人边走边斗嘴,将压抑的气氛冲淡了不少。这也是藤月第一次见识到"古风圈大神"兼"计算机系男神"无赖的一面,每句话都能把她气得跳脚。

"你是什么时候开始喜欢东篱忘川的?"

"你之前说他是你'男朋友',你还记得吗?"

"下次我开演奏会,别熬通宵在网上抢票了,我让你直接坐第一排。"

藤月感到一阵丢脸,脸火辣辣的,她忍不住恳求道:"我知道了,求求你别说了。"

自从易川竟自揭身份之后,简直像变了一个人似的!

又走了十多分钟,前面的路越来越窄,走到最后居然仅能容纳一个人通行。易川竟半点儿没有犹豫,将手机递给藤月:"你在我后面照明,我在前面探路。"

"学长,你会不会有危险啊?"藤月担忧地问。

易川竟摇摇头:"我们在地宫里走了这么久,都没有呼吸困难的感觉,那就说明这里一定有别的出口通向地面,不试试怎么知道出口在哪儿?"

说着,他摸了摸她的头:"不要怕,我能保护自己。如果遇到危险,你要记得快点儿跑。"

开着玩笑,两个人一前一后从石头缝隙里穿过。藤月踮起脚尖,用力将手机举得高高的,好在这段路程并不长,没过多久,她就听见前面的易川竟发出惊喜的声音:"小月,这儿有个大殿!"

藤月悬在半空中的心放了下来,她挤出狭窄的石头缝,眼前豁然开朗——

在手机手电筒的照耀下,一间宽敞的石头宫殿显现出来:整体是灰色的基调,砖墙上没有什么花纹,古朴肃穆;墙上两人高的地方悬着几盏油壁灯;令人费解的是,宫殿的正中央居然整整齐齐地摆了好几面已经蒙了尘的铜镜，它们全都可以活动，像是专门为后来人准备的一样。

"啊！没有路了！"藤月惊呼出声。

宫殿四面墙都是用石头做成的，看起来严丝合缝，没有一点儿其他出路的可能，她每一处都摸了摸，在最右面的墙上看到了几个用古篆文写的字。

"以音为心，有缘者见？"身为历史系学生，藤月很快就辨认出了这八个字。

易川竟环视四周，敲了敲刻了字的那面墙壁："这面墙和其他三面都不一样，后面是空的，估计是一个很大的空间。以音为心，应该是宫殿主人出的谜题。"

"你是说，只有解开谜题的人才能出去？"

易川竟点点头："这座地宫建造的时期，正好是机关师十分受追捧的时代，诸侯王为了防止盗贼觊觎自己的财产，纷纷为自己的宫殿建造了很多机关，所以我们待会儿要小心，打开门可能会更危险。"

藤月咬了咬下唇，泾川王建造这座地宫，到底是想做什么呢？

两个人大眼瞪小眼，冥思苦想了半天，却一无所获。过了一两个小时，易川竟抬起头刚想开口说什么，手机忽然发出一声"叮"的警告声。

他面色一变："手机电量低，快撑不住了。"

"啊，那怎么办？"一想到没有光亮，不知道要在这地宫里待到何时，藤月就开始着急忙慌地掏衣服口袋，"学长，你有没有带打火机？我们还是看看能不能把这些油壁灯点亮吧。不要再浪费电了。"

手忙脚乱间，藤月口袋里的东西"哗啦啦"掉了一地，手机、手帕、八音乐器模型等都散落在地上。

"啊！我的模型！"她俯下身去捡东西。

这时，易川竟拿出玉笛放在唇边，只听见一声凌厉的笛音响起，石墙两边的油壁灯也跟着"唰"地同时亮起。

"哇！好厉害！"藤月惊呼道。

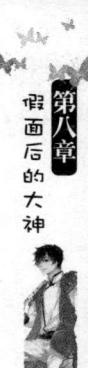

第八章 假面后的大神

然而油壁灯的照明效果不怎么样，他们只能勉强看清楚对方的轮廓。易川竞蹲下身来，帮藤月捡东西，他捡起八音乐器中的琴模型，"咦"了一声。

"怎么了？这个八音模型是你在'萤之光'公益音乐会上帮我们赢的呀。"

"我知道，但是我突然发现，这个模型很像月兔地宫里出土的八音乐器。"

小巧的古琴模型十分精致，从外表看起来没有任何异样，易川竞看向模型的底部，果然在下面看到了三个古篆体写的小字。

"小月，你来看看。"

藤月探过头，在油壁灯的光线下，吃力地辨认着："烛镜……琴？"

易川竞摩挲着古琴的模型，陷入了沉思："烛镜？这个词是什么意思？来泾川市之前我查过一些历史典籍，晚年时的泾川王也是一位造诣非常高超的音乐家……会不会，他建造月兔地宫还有别的目的？"

"别的目的？"藤月的目光落在石墙两边的油壁灯上，又在那些蒙尘的铜镜上扫了扫，露出苦恼的神情。

这座石殿的确太不寻常，处处透着奇怪的气息。如果非要她形容的话，就好像是游戏中的关卡，需要玩家闯关成功，才能给予奖励。

"仔细想想，"易川竞轻柔地说，"你是历史系出身，比我了解泾川王的历史，一定能找到线索的。"

在他的鼓励下，藤月一边回忆，一边喃喃自语："我以前翻阅古籍，发现泾川王生前留下了一百多首诗，其中大部分都是叹惋自己的音律没有知己欣赏，还有一些描述了他当时的宫廷生活。我记得其中有几首就描写了他很喜欢玩一种游戏，就是用烛火映在镜子上……"

说到这里，她的眸色一亮："我知道了！"

藤月站起身来，跑到那些镜子前使劲用衣袖将它们擦干净，然后抬起其中一面铜镜——

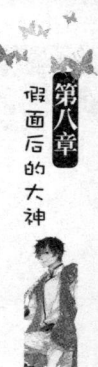

第八章 假面后的大神

"咔嚓。"

一阵细微的响声过后,奇异的一幕出现了!铜镜反射着油壁灯的烛火,居然在空中出现了一道光束!

易川竞微微眯起双眼,看着藤月将这几面铜镜一一转换了角度,当烛光照射在这些镜面上时,整个大厅瞬间被七道耀眼的光束占据,这七束光的位置并不太高,堪堪到他的胸口。

乍一看过去,就像是大殿的空中架起了一把无形的七弦琴!

"嗡嗡……"

渐渐地,原来刻有古篆文的墙壁又发生了变化,一些字符从墙壁上凸显出来,密密麻麻的,好像是一篇难解的文章。

"这是……工尺谱?"

易川竞怔怔地看着眼前的墙壁,宫商角徵羽(古乐五个基本音阶),古代的琴谱可比现代的五线谱复杂多了,但解开这些对他来说并不算太难,毕竟他出身于古琴制造世家。

"好啦!"藤月俏皮地转了个身,"东篱大神,请开始你的表演吧!"

纂刻着古篆文的石门发出"轰隆隆"的声音，缓缓地在两个人眼前打开，易川竞看向藤月的目光里仿佛盈满了星星："你怎么知道这个地宫是个闯关游戏？"

藤月居然推测对了，揭开第一间石殿的奥秘，就在那些烛光和古镜中。镜子和光线折射出琴弦，只要有人在上面弹奏一曲，石殿门就会受到触动而打开，虽然他们没完全参透机关的原理，但也不妨碍他们赞叹一句，真是巧夺天工！

石门扬起阵阵尘土，藤月一边紧张地打量着周围的环境，一边随口说："啊，小说中不是经常会写吗？古人在地宫中设置层层关卡，等着有缘人来解开，渡过重重难关和凶险，就能获得宫殿主人的馈赠，这个泾川王也太没创意了。"

"小说？他要是还活着，听到你的吐槽说不定会被气死。"易川竞打趣道。

"其实也不是啦！"藤月微微红着脸，"只是我突然想到泾川王的个性。史书上说，他为人谦和，但唯有在音乐这件事上狂傲偏执。他不求长生、不求权势，一辈子都在追寻一个能懂得自己的知音，所以我才猜想这座石殿是不是他留给后人的考验。他生前没有找到的人，也许后世能出现呢？"

听到藤月的话，易川竞神色肃穆，好一会儿才吐出一句："君生我未生。"

石门彻底打开了，藤月和易川竞并肩迈进第二间石室，她忍不住"啊"地捂住了嘴巴——

一个深不见底的大坑出现在他们面前，灰暗的石头悬崖隔开了这一头和那一头，中间的大坑恐怕有三丈宽的距离，对面有一扇洞开的门，应该是通往下一个宫殿，然而中间只有一座窄窄的石桥，仅限一个人通

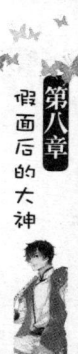

第八章 假面后的大神

过,而且只有一边有银色护栏,十分危险。

"我……我们还是等别人来找我们吧。"藤月惊得眼睛一下子就瞪圆了,她害怕地往易川竞身后躲。

易川竞饶有兴致地想要逗她:"为什么?"

"我……我……"藤月死死抱住易川竞的胳膊,"我我我我恐高啊!"

"恐高?"易川竞往大坑里瞥了一眼,却发现这个大坑居然望不到底,凉飕飕的阴风从下面吹上来,让人倍感害怕。

藤月往后一退,不知道触动了什么开关,身后的石门"轰隆"一下关上了。易川竞伸手去推,大门纹丝不动,他蹙起眉头:"这扇门是单向的,从里面推不开。"

"完了完了,我们该怎么办……"

"不要怕,你一定可以的。"易川竞打开手机的手电筒,"我们掉进地宫的时候并没有人看到,他们不一定能及时赶来救援。而且你也看到了,我们想出去的时候有人把洞口堵住了,虽然不知道他的目的是什么,但他可能还有别的招数。所以我们一直往前走,找另一个出口才是最稳妥的办法。"

"道理我都懂,可是……"藤月苦着脸,她也知道与其把希望寄托在别人身上,不如自己想办法闯出去,可谁让她是个连扶手电梯都不敢坐的人呢?

"小月,你看着我。"易川竞低头看向她,"我先过去,就算有什么机关也是冲我来,好吗?实在不行我再回来接你。"

易川竞那双深邃的眸子里闪着坚定的光,好像怕她看不见,他俯下身子,两个人鼻尖只相差几毫米。呼吸相闻间,藤月的心跳"怦怦"乱了节奏,整个人僵在原地。

"那我就当你答应了。"他轻笑一声,将还剩下20%电量的手机留给藤月,转身朝那座狭窄的石桥走去。

易川竞谨慎又大胆地跨上桥,想象中的一切变故都没有发生,他脚

153

下的石桥岿然不动。他伸手抓住一旁的银色栏杆,栏杆入手冰凉滑腻,有些地方已经暗沉发黑,摸上去有钝钝的脱节感。藤月也万分紧张,眼睛一眨不眨地盯着他在石桥上前行着,一颗心悬到了嗓子眼。

终于,易川竞的白色球鞋踏出了最后一步,稳稳当当地落在了对面的石崖边。

"太棒了!"藤月激动得跳了起来。

她这一声欢呼还未落地,地底下猛地传来一声闷闷的巨响:"咚!"

石桥开始晃动起来,仿佛沉睡了千年的巨兽被唤醒,整座石殿地动山摇。对面,易川竞的脸色"唰"地变了:"小月!蹲下,抱头!"

藤月下意识地蹲下抱住头,一时间,许多碎石落下来,纷纷砸落在她身的两侧。来自地下的声音没有停歇,"咚咚"响个不停,而且越来越急,越来越快,随着这阵雨般的声音,石子也"扑通扑通"不停地打在她的背上,砸得她生疼。

藤月把头埋在膝盖里,大气也不敢出,不知道过了多久,石殿里的动静才慢慢平息下来。

"小月,你没事吧?"

易川竞的声音远远地传来,她战战兢兢地抬头,眼里噙满了泪花:"学……学长!"

此刻,石桥已经变成了七根高高的石柱,石柱上刚够一个人站立,每一根间相隔几米远,任谁也不敢随便踏上去。易川竞不禁在心中责备起自己,他怎么光想到第一个走的人可能会遇到机关,却没想到考验的是后面的人呢?

"小月,你现在怎么样?"他耐着性子问,藤月把头摇得像拨浪鼓:"我……我没受伤,但是我真的不想上去了!学长……我害怕!"

藤月光是看一眼面前深不见底的大坑,就觉得双腿发软,胸口难以喘息。

藤月的恐高症之所以这么严重,是因为在她小时候,一次父母好不

容易回来,带着她和楚柳昉去爬山郊游。当时,山上高高的悬崖间也悬着一座竹子制的吊桥,他们趁大人不注意,开心地跑上去玩,结果吊桥年久失修,竟然从中间断开来……要不是楚柳昉拼死抓住她,她恐怕早就命丧黄泉了。

后来他们硬是坚持了半个小时,楚柳昉一只手的指甲都抠掉了,这才被大人们发现。也是从那个时候起,楚柳昉在藤月心中成为亲人般的存在,而她也落下了恐高的病根。

"小月!跳上来,跳到离你最近的这根石柱上来!"

易川竞还在大喊,不知道为什么,他的声音越来越焦急,藤月揪住自己的领口,大口大口地喘着气。

"不要,我做不到,我会掉下去的!"

"快跳上来,你那边的石崖要塌了!"

泪眼婆娑中,藤月依稀听到了"轰隆隆"的声音,身边的一切都开始分崩离析。

易川竞当机立断,拿出自己的玉笛吹奏起来,笛子里霎时飞出一群银色的蝴蝶,它们飞到藤月身边,努力稳住她身边的石崖。

他停下吹奏,声嘶力竭地大喊:"快过来!我不能坚持太久!小月,相信你自己!只要你愿意,你可以做到所有不可能的事!你不是还要出去照顾你爷爷吗?还有楚柳昉,你还要找他!"

藤月浑身一颤:"爷爷……"

"对啊!想想你的父母,你的亲人……小月,你可以的。"藤月从来没有见过易川竞这副样子,他失去了平时的冷静,像只敏捷的猎豹一样在石柱上跳来跳去,最后返回原地,以示并不可怕,"你看,一点儿也不难!只要小心一点儿,你绝对可以做到的!"

石崖崩塌的速度越来越快,藤月脚下的地面也裂开了一条缝,萦绕在她身边的银蝶仿佛能感到她内心深处的恐惧,纷纷停留在她的肩头、发间,给予她无声的力量。

易川竟放缓了语气:"我会在这边接着你,好吗?"

藤月抬起头看向对面那个高大的身影,他温柔坚定地望着自己,仿佛永远都不会动摇。一瞬间,从未有过的勇气涌上了她的胸腔,她深吸一口气:"死就死,拼了!"

把心一横,藤月助跑几步,闭上眼睛往前用力一跃!

藤月完全不知道自己是怎么过去的。就像梦游一般,她头顶的石头在"扑簌簌"不停往下掉,银色蝴蝶环绕着她。她就像一只兔子,一蹦一蹦地从一根石柱跳到另一根,中途完全没有停歇,也没有低头往下看。

她到达对岸时,易川竞扑过来紧紧地抓住她,用力将她拥进怀里。他的力气大得让人发疼,却又是那么温暖。藤月浑身都在哆嗦,短短的一分多钟,她身上的衣服都汗湿了两层,整个人就像刚从水里捞出来的一样。

"轰隆!"

对面的石崖发出一声巨响,藤月下意识地想要回头看,被易川竞按住了脑袋。

"别看,"易川竞紧紧地把她抱在怀里,就像要把她揉进自己的身体里一样用力,"小月,你很勇敢,你是我见过最有勇气的女生……谢谢你,我真的不能再失去你了。"

他的声音喑哑低沉,说到最后一句时,已经变成了微不可闻的气音。

藤月终于回过神来,伏在易川竞的肩膀上,眼泪控制不住地涌了出来:"呜呜呜,易学长!我好害怕!"

"没事,没事了,"他轻轻拍着她的后背,"哭吧,你很勇敢。真的,特别勇敢。"

稍作歇息后,两个人离开了第二个石殿,前方又是一条长长的回廊,只不过这一次没有了手机照明——藤月在跳过石崖时,手一滑,不慎将它掉下了坑里,手机就此"壮烈牺牲"。为了防止意外,两个人手牵着手。易川竞的体温从手心传到藤月的掌心,她只觉得自己的脸发烫得可怕。

她先前还不觉得,现在想想,易川竞刚才的拥抱简直太犯规了!那句低不可闻的"真的不能再失去你",让她的心一路小鹿乱撞。不过这一路走来,他都没怎么说话,也不知道在想什么,只是牵着她沉默地往

前走,偶尔踩到石头或小坑才会出声提醒。

易川竞是不是也和她一样,害羞了呢?藤月情不自禁地想。

"学长,你在想什么?"黑暗中,藤月主动出声打破了沉默。

易川竞并没有马上回答,而是隔了一会儿,才像是回过神似的答道:"啊,我在想……前面这两关,和你那个八音乐器模型到底有什么关系。"

藤月疑惑地问:"我的八音乐器模型?"

"对,你想想,第一关的烛光和镜子反射,可以形成琴弦,"他顿了顿,"这个是你想到的,但我们都是通过古琴模型下面刻字的提醒,才想到和这个有关的关键字……"

"啊!"藤月也回想了起来,"第二关的时候,好像也是听到了'咚咚'的声音,石崖才开始崩塌!"

"那应该是鼓声,也符合八音乐器中的一件。"

对于八音乐器模型和月兔地宫的猜疑,让藤月心中的粉红泡泡霎时消失不见,气氛又回到了原先的沉重。她从口袋里掏出八音乐器模型,模型底下刻着米粒大小的字,然而,由于地宫内的光线实在太暗,她什么也看不见,只好徒劳地将模型又装回了口袋里。

这时,回廊终于到了尽头,一扇门出现在两个人的面前。看不清是什么样子,藤月试探地伸手摸上去,冰凉的触感让她瑟缩了一下,身旁的易川竞注意到她的异动,柔声提醒:"小心。"

跟着,他也伸手摸了摸,语气诧异:"这扇门是玉做的。"他用力一推,这扇玉门居然不费吹灰之力地被推开了。

"跟紧我。"

有了上一次的经验,易川竞格外小心地拉着藤月走了进去,打定主意不论发生什么事都不会再让她离开自己的身边。但没想到刚一进门,一阵狂风就刮了起来,伸手不见五指的环境中,他根本看不见任何东西,只能死死地拽住藤月的手。

第八章 假面后的大神

隐隐地,不知道从哪里飘来阵阵乐声,被风声裹挟着,缥缈悦耳,仿若仙乐,一时间竟令人有些恍惚。只不过闪了一会儿神,易川竞拉回思绪,却猛地发现自己身在一片灼灼的桃花林里,身边的藤月不见了,他手里攥住的居然是一枝桃花。

"小月?"

易川竞丢掉花枝,猛地往前踏了一步,前方是一片迷雾。他认准一个方向追了过去,跑了半天后,他发现自己又回到了原本丢掉花枝的地方。

"小月!"他又惊又疑,一边喊着,一边寻找着藤月的踪影。那段缥缈的仙乐又响了起来,远远的,像在指引他。

循着声音的方向找了过去,易川竞看到一个白色人影掠过,他心中一喜,上前抓住那人的肩膀:"小月,你……"

当对方回过头,他却再也说不出别的话。

那是一张和藤月完全不一样的,男人的脸庞。他有着一双冷漠疏离的浅灰色眸子,和易川竞有七八分的相像。

顿时,易川竞感觉自己如坠冰窟!

"哥哥!"他情不自禁地喊了起来。

男人轻松地挣脱了他的双手,站得远远的:"不要叫我哥哥,既然放弃了我,那我就不再是你哥哥。"

"哥哥!我从来没有放弃你!他们说你死了,我从来没有相信过!"易川竞想要朝哥哥跑过去,哥哥却永远与他一步之遥。仿佛水中月、镜中花,任他怎样也无法靠近。

哥哥的脸上带着残酷的微笑:"你说谎,我是被放弃的那一个。爸妈从小就更爱你,就因为你比我有天赋,所以你才是继承人。"

"为什么死掉的不是你呢?为什么当初……不是你呢?"

"没有了我,你一定过得更开心吧?"

哥哥一声声的低语,伴随着远方的乐声,仿佛诅咒一般钻进易川竞

159

的耳朵里。眼前的迷雾如同毒蛇的信子,向他吐了过来,带着靡靡的香气。他一阵头昏脑涨,无边无际的惶恐仿若潮水一般涌上来,就要将他淹没。

他不由得大叫起来:"不!哥哥,别丢下我!"

第九章

八音霓裳

好累,身体好重。

眼皮都要睁不开了,仿佛从出生起就没有睡过,他是不是在沙漠中跋涉了很久?为什么会这么累?好想睡啊……就这样一觉睡过去,再也不醒来……

"学长!学长你怎么了?"

是谁?

"快醒来啊,易学长!易川竟!你这是怎么了?"

易川竟?这不是他的名字吗?是谁,谁在呼唤他?

明明很困,很想休息了,可为什么听到这个人的呼唤,却怎么也无法真正地平静下来?他好像忘记了什么事,一件非常重要的事……

"易川竟,快醒醒啊!"

有什么东西滴了下来,滚烫滚烫的,落在他的脸上。紧闭着眼睛的少年蹙了蹙乌黑的眉毛,纤长浓密的睫毛微微翕动了两下,苍白的脸上终于有了一丝血色。

藤月扑到他身上,拼命摇晃:"易川竟!快醒来,不要再睡了!再睡下去我就把你一个人丢在这儿,你听见没有?"

摇晃了两下,易川竟却一点儿动静都没有,她的心不禁一点点往下沉,比被迫跳柱子时还惶恐害怕。她简直不敢想象,要是易川竟一直昏迷不醒,她要怎么办?为什么一个十分钟前还生龙活虎的人,此刻却突然躺在这里不省人事?

不行,他是为了救她才跳下月兔地宫的,他绝对不能有事!

"易川竟!"

藤月用尽了各种办法,又是掐人中,又是做胸部按压,见没有效果,她犹豫了三秒钟后,当即决定给他做人工呼吸。就在她低下头,嘴唇差一点儿就要碰到他的时候,一只洁白修长的手抬了起来,挡在了两个人的嘴唇中间。易川竟那富有磁性的声音懒懒地响起,带着一丝疲惫。

第九章 八音霓裳

"早听见了,叫那么大声。"他坐起身来,不等藤月破涕为笑,又补充了一句,"一醒来就看到你想要偷亲我。"

"谁想偷亲你?"藤月的脸立刻羞得通红,为了挽回一点儿颜面,她不服气地反驳,"你刚刚晕倒时还说梦话,什么哥哥不要离开我,你是三岁小孩吗?"

"梦话?"易川竞想起了刚才所见的那片桃花林,和那个如同泡沫般的人影,一阵不适袭来,他猛地抱住了头。

"易学长!你怎么样?"藤月吓了一跳,赶紧扶住他的肩膀,"是头痛吗?"

真是神奇,在不清楚易川竞的身份之前,东篱忘川在藤月心目中一直是遥不可及的高岭之花,此刻他却脸色苍白,虚弱地倚靠着她。除了心疼,她心里居然还有一点儿小小的甜,那么隐秘,那么不可捉摸。

易川竞抓住藤月的手臂,抬头打量起周围的环境来——不论是雾气弥漫的桃花林,还是萦绕不绝的仙乐都消失不见,只余下一个普通的石头宫殿,看起来比前面那两个宫殿都小,四四方方,只在最中央筑了一个半人高的石台,不知道供奉着什么,散发出淡淡的柔光。

他绷紧俊美的面庞,脸色阴沉沉的:"除了梦话我还说了什么,或者做了什么吗?"

"当然有啦!"藤月担忧地说,"我叫了你五分钟,你一直在叫着哥哥,然后突然憋着气不呼吸,还伸手掐自己的脖子,我好不容易阻止你自残,接着你又晕倒不省人事,吓坏我了!"

"待会儿我们出去,要好好看看你的脖子有没有被掐伤,"藤月担心地摸了摸他的脖颈,"还有,你一直反复叫着易川凌的名字。他是谁?你的哥哥吗?"

易川竞一怔,好半晌才点头:"是,不过他已经失踪十多年了。"说完这句话,他就闭上了嘴巴,不肯再多说什么。

见易川竞心情低落,藤月也识趣地不再追问,她坐在他身边,适时

163

地转移话题:"这座地宫真是诡异,我刚进门时闻到一阵香味,然后眼前就突然出现了一座玉做的宫殿,里面堆满了各种金银财宝。我进去逛了一圈就出来了,随后就看见你躺在地上……"

"是幻境。"易川竞站起身来,凝重之中又感到一丝好笑,"设计这个机关的人很狡猾,先是用音乐迷惑人的心智,再配上一些让人心神动摇的熏香,进来的人就会在幻境中看到自己最重要,或者最在意的东西。如果意志力不强,或者信念不坚定的人很可能就会走不出去。但他万万没想到,会有人对金银财宝不为所动。"

"那是当然的啊,这些东西又不是我的,不义之财拿了要短命的。"藤月嘀咕。

易川竞的眼底掠过一丝黯然,果然,他内心最在意的……还是易川凌,他的哥哥。

易川凌已经失踪了十多年,寻找到他的希望也越来越渺茫……可即便如此,易川竞也不愿意相信哥哥已经死去,他是不会放弃的!

"总之,这一次是你救了我,谢谢。"易川竞看向藤月的眼神多了几分柔和,若有所思地道,"我本来对地宫中有宝物的传说不太相信,不过一路闯关到这儿,我倒是十分怀疑,最后是不是真的有什么宝物了。"

这番话说到了藤月的心坎里,她拼命点头:"是啊是啊!要不然设计机关的人弄这么大阵仗,又是要懂音乐,又是测试勇气和意志,到底是干吗呢?"

"所以……"易川竞转过头,目光锁定散发着柔光的石台,"是时候去看看,勇士闯关的最后宝物是什么了。"

两个人走到石台前,石台上供奉着一个小小的石头匣子,台上按照八卦图的方位,规规矩矩地嵌了八颗发着荧光的珠子。按这阵势,里面放着的东西绝对价值不菲。

匣子没有上锁,就在易川竞打开它的一刹那,两个人忍不住屏住了呼吸——

第九章 八音霓裳

"咦?竹简?"

辛辛苦苦过关,出现在最后关卡的居然就是……捆着已经腐朽的绳子、就快要烂成木屑的竹简?

"八音霓裳曲……"虽然大失所望,不过藤月还是仔细地辨认了竹简上的标题。

一听到这五个字,易川竞顿时激动地拉住她的手:"你说什么?八音霓裳曲?"

藤月被吓了一跳:"是啊,怎么了?"

"《八音霓裳曲》,相传是古代琴师的祖师爷——师旷在羽化成仙之前,留下的最后一部遗世之作。他留下这部作品,为的是洗涤乾坤污浊,让世人的身心都得到治愈。相传只要是能聆听到这首曲子的人,都会获得非常大的益处,精神类的疾病都可以被治愈……"

藤月听得入了神:"这么厉害啊!"

"只不过后来连年战乱,这首曲子就此失传。没想到,我们居然能在月兔地宫里看见。"易川竞神情凝重,催促道,"竹简上还写了什么?"

"我看看。"藤月小心翼翼地捧起竹简,认认真真地把上面的内容看了一遍。她越看到后面越心惊,到了最后,整个人都抑制不住地颤抖,脸色苍白如纸。

易川竞疑惑地扶住她:"你怎么了?"

"这上面说,八音乐器是祸国妖器!泾川王费尽心血才用《八音霓裳曲》将它们镇压在地宫中……"藤月害怕得都快哭了,"易学长,你说我爷爷和那七位专家昏迷,是不是跟它们有关?"

竹简里煞有介事的内容,看起来实在是太有权威,太让人无法质疑,藤月一瞬间就相信了,易川竞哭笑不得:"哪有那么神神道道,这些竹简记载的都是以当时的科学无法解释的事,那些八音乐器又没有自己的思想,要作恶也是操纵它们的人干的。要是你中学的物理老师看到你现

在这迷信的样子,肯定会气得跳起来打你。"

"你还嘴贫!"藤月眼眶一酸,落下泪来。爷爷遭遇意外至今昏迷不醒,楚柳昉又不知为何性格突变,发生的一切都太诡异,让她很难不胡思乱想。

易川竞一把将藤月揽进怀里,轻抚着她的发丝,安慰道:"不要怕,我向你保证,一切都会好起来的……"

被易川竞身上那温暖的淡淡香味环绕着,藤月满心的害怕和惶恐仿佛找到了发泄口,她号啕大哭了起来。

易川竞没有说话,只是一直轻拍着藤月的后背。许久之后,藤月的情绪平静下来,她仔细想想,也觉得易川竞说得没错,竹简上的说辞是古人迷信鬼神之说的夸大其词。八音乐器可能有催眠的功效,但也需要人来弹奏它们。

将难过发泄了之后,藤月又捧起竹简继续看。她发现上面已经给出了破解催眠的方法——只要在昏迷的人耳边,使用同样的乐器演奏一曲《八音霓裳曲》,他们自然就会醒来。

藤月一下子兴奋起来,向易川竞解释了一番后,说:"我们快找出路离开这里吧!"

两个人分头在石殿里寻找起出路来。易川竞认为月兔地宫既然通风良好,能保证他们两个人一直呼吸到新鲜空气,那么一定会有别的通道通往地面。藤月学着他的方法在墙面上敲敲打打,这样或许能发现隐藏的暗道。

正凝神查找时,藤月听见易川竞"咦"了一声,她回过头去,看到他像被定住了一样,站在原地一动不动。

"怎么了?发现什么了吗?"藤月急急忙忙地跑到他身边。

易川竞僵硬地站着,白玉般的脸上满是震惊、狂喜、难以相信……各种各样复杂的情绪汇聚在他那双寒星般的眸中,掀起了惊涛骇浪。

"易学长?"

第九章 八音霓裳

蓦然之间，易川竞转过身来抓住她的肩膀："小月，我找到他了！他没死……他果然没死！"

"他？"藤月一脸莫名，易川竞兴奋地把她推到墙壁前，指着墙角一块不起眼的小方砖："你看！这个上面有一串字符，logoff！"

在几千年前的地下宫殿中，出现几个英文字母，这一幕要多奇怪有多奇怪，难道说……

"你是说，有人在泾川考古队之前，就已经发现了这座地下宫殿？"藤月震惊地道，"而且到达了最后一关，什么都没拿走，只留下这串字符，表示自己到此一游？"

"什么到此一游，"易川竞也忍不住敲了一下她的头，"这串字符很可能是我哥留下的！"

"他不是已经失踪了十多年吗？"

易川竞摇了摇头："是啊，我哥是在一次实验室爆炸事故中失踪的，在清理废墟时没有找到他的遗体，所以我一直坚信他还活着。"

"logoff，是一种计算机运行时的命令代码，它代表的是'直接注销'。这是我和哥哥之间的暗号，我们俩从小感情就很好，我哥从小就喜欢计算机，这个命令代码也是他教给我的。他告诉我，如果我们两个吵架了，想和好又不好意思，那其中一方就给另一方写这个代码，表示清除错误，重启再来……"他说着说着，声音不禁哽咽。

这么多年来，他和家人都不相信哥哥已经死亡，一直在寻找哥哥的下落，可始终一无所获……没想到今天他居然会在这暗无天日的地宫里，看到哥哥留下的暗号！

藤月怔怔地看着易川竞，不自觉地开口："易川竞……你哥哥他，是什么样的人呢？"

"他是这个世界上最好的人。"易川竞的眼底闪烁着一丝水光，说起哥哥，一向寡言的他滔滔不绝起来，"小时候，我顽皮又嚣张，是无法无天的小霸王，哥哥却个性温和，不管我怎么欺负他，他总是笑眯眯

地包容着我的一切。不过,他也有反骨的一面,他对古琴从来不感兴趣,反倒是很喜欢研究计算机,因此不知道被父亲责备了多少次……"

听易川竞讲述着自己的过去,藤月的心好像被一双无形的手狠狠地揪住,感到既难过又开心。然而有一点,她不明白:既然易川凌还活在世上,为什么这么多年,却从不出现在家人面前?

"哥哥失踪后,我父母很后悔当初逼着他去学不喜欢的古琴,没有让他开开心心地研究自己钟爱的计算机。但后悔也晚了。"易川竞扯出一抹苦笑,"所以后来我选择计算机专业,没有去攻读音乐,也是想替哥哥完成愿望。"

忽然,一双小手伸过来,握住了他的手。

"不会晚!"

"嗯?"易川竞抬起眼睛,撞入眼前女孩清澈明亮的浅褐色双眸中,藤月坚定地看着他:"你们那么爱他,始终没有放弃寻找他,怎么会晚呢?你之前跟我说的话,我也要跟你说一遍。易川竞,一切都会好起来的!"

温暖从藤月软软的手心传过来,易川竞忽然觉得自己浑身的血液也变得温暖。是啊,她说得没错,一切都会好起来的。

整理好情绪,易川竞盯着雕刻着字符的小方砖:"虽然不知道哥哥为什么来过月兔地宫,但这个字符,恐怕就是他给我的线索。"

"嗯嗯!"藤月赞同地点头,两个人对视一眼,露出一个默契的笑容,易川竞伸出手:"那我按了。"

果然,灰色的方砖被按动下去!

"轰隆隆——"

预想的地道并没有打开,反倒是地下发出低沉的轰鸣声,犹如阵阵雷声,伴随着强烈的地震,整座石殿的墙壁都裂开了缝,他们脚下的地板也开始分裂出深深浅浅的沟壑,有的甚至裂开了一米多宽的缝隙,藤月一时没有站稳,差点儿掉下去,幸好易川竞眼疾手快地抓住了她。

"怎么会……"易川竞的玉质脸庞上满是错愕,正在他呆愣时,头顶上猛地有东西砸下!

"小心!"藤月扑在易川竞的身上,为他挡住了一块掉落的石头,拳头大小的石头砸在小腿上,痛得她发出"啊"的一声呼喊。石头刮破

了她的裤腿，在她雪白的肌肤上留下一道深深的血痕。

"藤月！"易川竞赶紧反抱住她，"你还好吗？"

"我可能走不了路了……"藤月痛得倒吸一口凉气，赶忙将载着《八音霓裳曲》的竹简塞进他的怀里，"地宫要塌了！你先想办法出去，不要管我！"

"说什么胡话？我怎么可能丢下你？"

大片大片的石块掉落下来，砸在易川竞的后背，他却固执地抱住藤月，不肯离开。

"你疯了？这样你也会死的！"藤月焦急地推搡着他，"快走，快走啊！你一个人肯定有办法出去的！"

"闭嘴！"易川竞狠狠地瞪了她一眼，目眦欲裂。藤月还想说什么，却发现昏暗的地宫环境变得明亮起来，她抬起头一看，惊喜地瞪大了眼睛："天……是天空！"

闻声，易川竞也抬起头看去，也许是月兔地宫已经毁得差不多了，头顶坍塌的部分正好裂开一大块，露出外面灰沉沉的天空。他当机立断，拿出玉笛："抱紧我！"

藤月紧紧抱住他的腰，只听见耳边一阵高亢的笛音响起，激荡如海上狂潮，又像流波将月，卷潮带星，听得她的心潮一阵澎湃。正听得如痴如醉间，她发现自己和易川竞居然被圈进了一个莹白色的小光罩里，光罩带着他们缓缓升到空中，那些掉落的石块砸在光罩上，就像遇到了什么障碍一样"扑通"被弹开。

"哇！"藤月难以置信地道，"好神奇啊，易学长，你这么厉害，为什么刚刚不……"

藤月的话音在看到易川竞的面容时戛然而止，易川竞光洁如玉的脸绷得紧紧的，额头上滚出珍珠般大的汗珠，修长白皙的手上青筋暴起。他猛地提了一口气，笛声猛然变得更加激烈，仿佛白浪连峰，风啸云飞。藤月从来不知道笛声也可以如此大气磅礴，让人生出无限的勇气。

光罩带着他们奇迹般的从地宫的缝隙中飞了出来,在两个人落到地面上以后,易川竞整个人都像被抽干了力气,一下子瘫软在地。

"易川竞!易川竞你没事吧?"易川竞连抬起一根手指的力气都没有了,他虚弱地摇摇头,冲藤月露出一抹微笑。

"轰隆"一声巨响,藤月回头一看,发现月兔地宫已然彻底坍塌了。

"得救了⋯⋯"她松了一口气,整个人也瘫坐在地上。

月兔地宫塌陷发出了巨大的动静,没过多久就有人跑了过来,发现了坐在地上的藤月和易川竞。也许是耗尽了力气,被人发现的时候,易川竞已经陷入了半昏迷状态。

"你们是什么人?"

人越来越多,将他们团团围了起来,有月兔地宫的考古发掘人员,还有住在附近的居民⋯⋯原本压在头顶的乌云也慢慢散开,白色的阳光无比刺眼,藤月又渴又累,转动脖子一一看过去,却发现自己根本集中不了精神。

"地宫怎么会突然塌了?跟你们有什么关系?"

"完了完了,这么珍贵的发现啊!全都毁了⋯⋯"

"啊!这个男生不是技术部的易川竞吗?"

藤月觉得自己困得很、累得很,被石头砸伤的小腿还在火辣辣的痛,可现在她根本顾不上那么多,她抱住易川竞的手臂,一开口发现自己的嗓子哑了:"医生⋯⋯给他看看医生⋯⋯"

"这个女生是谁啊?不是工作人员吧?"

"不知道,看着面生,难道是两个小情侣嫌命大去地宫里探险,结果破坏了文物?"

"别乱说话,这可是犯罪啊!"

这时,人群里自觉地分开了一条道,两个穿着银色制服的人走了过来,他们身材高大,其中一个浅灰色头发的男人看到易川竞的脸,露出惊讶不已的神色:"川竞?"

"医生,他需要医生!"藤月拼命地大喊起来。

男人瞥了她一眼,朝旁边的工作人员点点头:"他们是自己人,快找医生来。"

听到这句话,藤月紧绷的神经终于松懈下来,她"扑通"一下倒在地上,只觉得自己的眼皮在不停地打架,蓝色的天空越来越模糊……

太好了,得救了。

第九章 八音霓裳

藤月醒来时，一股浓浓的消毒水味道钻进鼻子，她抱着昏沉沉的脑袋坐了起来，发蒙了一瞬后，关于月兔地宫的记忆如潮水般袭来，烛镜琴、石柱、《八音霓裳曲》……

"易学长！"她掀开被子就要起身下床，一双手伸了过来，按住了她。

"你的腿才包扎好没多久，别乱走。"

藤月这才发现自己身边坐了个人，那个人身材高大，满脸疲惫地看着自己——

"泉玖学长，你怎么来了？易川竟现在怎么样了？他不会有事吧？"

泉玖的风衣有些发皱，看起来风尘仆仆，他俊朗的脸庞在看到藤月醒来时明亮了一瞬，闻言又黯淡下来："你放心，他只不过是脱力了，醒得比你还早呢，现在在接受询问。"

藤月这才放下心来，随后又想起月兔地宫塌陷的事情："啊！对了，月兔地宫！"

"别那么着急，待会儿才会叫到你。"

两个人正说话间，病房门被推开了，林朗走了进来，不满地瞪着藤月："你现在可是躺在泾川市医院，你不知道自己的腿流了多少血吗？都快废了还不能消停点儿。"

"林朗？"藤月眨巴眨巴眼睛，又看到一个穿白衬衫的男人跟着林朗走进来，"白石大哥？你们怎么都来了？"

"你们来一趟泾川市，月兔地宫就垮了，还双双进了医院，我们能不来吗？"林朗一脸恨铁不成钢，"听说你们还找到了《八音霓裳曲》，这种好事都不带我一个，算什么朋友？"

相比起林朗捶胸顿足的模样，一旁面无表情的白石就显得可爱多了，他走到藤月身边："医生说你的腿没有什么大碍，只是这几天还不适合走动，我过来纯粹是想见识一下八音乐器和霓裳曲琴谱。"

白石还是那么冷冰冰的，话听起来也不近人情，但藤月知道他的好

心,"谢谢你们来。"

"我一听到你受伤的消息就马上订了机票,还有筱竹,她没法来,只能托我来看你。"泉玖轻轻摸了摸藤月的头,心情说不出的复杂,有些酸楚,但更多的还是对她的关怀。其实有件事他说谎了,在听说藤月来了泾川市以后,他就悄悄地订了机票,想要给她一个惊喜……然而当他看到了她和易川竟亲密无间的样子,他却退缩了。

他的性格就是这样,也许永远只能站在阴影中,默默地守候。

"我没事的,"藤月心中有好多好多话想说,但她眼下最关心的是别的问题,"我爷爷和柳昉哥哥呢?他们怎么样了?"

三个人谁也不肯开口,集体陷入沉默,看着他们闪躲的眼神,藤月的心也猛地沉了下去。

"怎么了?到底出了什么事?"她焦急地拽住泉玖的衣袖,"泉玖哥哥,你告诉我……是不是,是不是爷爷……"

"藤大师没事,"泉玖握住她的手,"你别太担心。"

"可是……"

一旁的林朗突然烦躁起来:"你还是别骗她了。藤月,医生们会诊过了,你爷爷和其他七位专家都还没苏醒,也找不到昏迷的理由。医生说,长期昏迷会让人的器官退化和衰竭,你爷爷本来就身体不好,比起其他七人,他的身体可能会撑不住。"

"怎……怎么会……"藤月瞪大眼睛,浑身颤抖起来。

"你们不是找到了《八音霓裳曲》吗?"林朗安慰道,"阿川也和众……和他的朋友们汇报了这个情况,他们那边能人异士很多,很快就能解决的。"

林朗的话给藤月的心注入了一丝希望。没错,如今他们拿到了《八音霓裳曲》,只要再找人用八音乐器弹奏,爷爷和七位专家就可以苏醒,脱离险境。

"没错,没错,"她拼命点头,"很快就能解决的。"

第九章 八音霓裳

"另外，还有一件事……"林朗目光里充满为难。

"还有一件事？"她好奇地追问。不知道为什么，林朗说话间，其他两个人纷纷转过头，似乎不敢跟她对视。而林朗支吾了半天，也没说出个所以然："算了，一会儿你就知道了。等你接受问话时，他们肯定会给你看的。"

没过多久，藤月果然被泾川文物局的工作人员带走询问，询问间，他们给她看了一段视频，是关于楚柳昉的。

她无论如何也不敢相信她所看到的画面。

视频是泾川文物局的监控器拍到的一段。画面中，楚柳昉偷偷潜入了临时保存八音乐器的安全库里。令人惊奇的是，他所到之处，如入无人之境。原本走廊上有保安巡逻，安全库外面还有两个守卫，可他们不知道中了什么邪，突然在同一时间倒了下来。这时，楚柳昉的身影从墙角出现了。他进入时两手空空，出来以后手里抱着一件乐器。他就这样重复了八次，把八音乐器全都拿走了。

藤月从未在楚柳昉的脸上见到过那样的神情：拿着八音乐器的他，冷漠、麻木……

易川竞的朋友们似乎和泾川文物局的关系很好,在他解释清楚下月兔地宫的原因后,两个人就被放走了。再一次看到易川竞,藤月不由得产生了一种"恍若隔世"的感觉。

休息了一天,易川竞的脸色虽然还是有些苍白,但精神好了很多,向来有洁癖的他换了一件蓝色短款牛仔服,衬得他肩膀宽阔,腰身窄瘦。

"小月。"他站在阳光下朝她微笑,就像是春风吹开万物般和煦,可那笑容中带着一丝忧伤。

不知道怎么的,藤月的眼睛里涌起了一丝酸意:"易川竞!"

她朝他奔过去,他朝她张开双臂,就好像做了千百次这样的动作一般,两个人紧紧相拥。劫后余生的两个人之间,多了许多的默契,就连外人也能感受到萦绕在他们周身的亲密。

"兄弟,放弃吧,你没戏了。"看着泉玖黯然的眼神,林朗拍了拍他的肩膀。

泉玖皱着眉头拍掉林朗的手,目光隐秘地落在藤月身上,勉强扯出一个笑容。

几人重聚后,白石从易川竞手中接过《八音霓裳曲》复制本,开始仔细研究起来,他不苟言笑的样子格外肃穆,藤月不由得嘀咕:"白石大哥看起来很厉害啊。"

"他可是一流的琴师,"林朗骄傲地挺挺胸,"我父亲还在的时候,他就在琴行工作了,要不是他不屑于参加比赛,那些大奖估计都和别人无缘了。"

"你父亲?那他今年多大……"藤月瞠目结舌。

林朗翻了个白眼刚要接话,白石已经悠悠地开口了:"有那个工夫讨论我的年纪,你们还不如关注一下怎么救人。"

他抬起头,冷峻的脸上神情平淡:"这个《八音霓裳曲》是真的,演奏这首曲子,的确可以唤醒那些昏迷的人。"

第九章 八音霓裳

"真的?"藤月的心底升起一丝喜悦,还没高兴几秒,白石又当头泼来一盆冷水:"不过想要解开迷咒,不只是演奏曲子,还要用月兔地宫出土的那套八音古乐器弹奏才行。"

"八音乐器……可这些乐器都被柳昉哥哥拿走了……"她转过头无助地看向易川竞,身旁的易川竞神思恍惚,目光不知道飘到了什么地方。

"易学长,易学长?"

"嗯?"易川竞回过神来,对上藤月疑惑的目光。

"你在想什么?我叫了你好几声了。"

易川竞抿了抿嘴唇,掩饰地咳嗽一声:"没什么,抱歉,我走神了。"

藤月心下疑惑,她从醒来见到易川竞起,就觉得他有点儿不对劲,可转念一想,他在地宫发现自己哥哥留下的线索,而这线索差点儿害死他们。如果是自己,恐怕也会感到迷茫又难过吧。

她把白石的话重复了一遍,哀求地看着易川竞:"现在柳昉哥哥不知道去了哪里,易学长,你能帮我一起找他吗?"

"当然,"易川竞不假思索地答应下来,"除了这个,小月,你还记不记得当时在月兔地宫时,我们通过八音乐器模型得到的线索?"

"当然记得。"

说起来,月兔地宫中的三个关卡,都隐隐约约地带上了八音乐器的影子,特别是第一关中"烛镜"的提示,事后她怎么想也想不通……为什么一个音乐会上的奖品,会和古代地下宫殿有联系?

两个人你一言我一语地聊着天,旁边林朗和泉玖大眼瞪小眼,白石的目光在易川竞的脸上流连了一会儿,若有所思地垂下了眼睑。

"喂喂!什么八音乐器模型?你们说点儿我能听懂的行吗?"林朗忍不住凑到易川竞跟前,大声嚷嚷起来。

易川竞无视了林朗的话,温柔地看着藤月:"小月,你放心,就算你不说,我也要找到楚柳昉,我也想看一看,那些古代的八音乐器到底有什么不一般。"

有了易川竞的保证,藤月焦躁不安的心总算安定了一些。

林朗也自来熟地搭着泉玖的肩膀,出声安慰道:"别太担心,我们也会帮忙找人的。你先好好想想,楚柳昉最有可能去的地方是哪里?"

这一次,泉玖没有拂开林朗的手,也跟着认真地点点头:"是的。小月,地宫出土的八音乐器是稀世珍宝,如果有人拿去拍卖,我知道消息后,一定会第一时间告诉你的!"

"谢谢大家。" 看着大家都这么关心她的事情,藤月的鼻尖涌上了一股难言的酸涩。她吸了吸鼻子,努力憋住眼泪,低下头想了一会儿,不确定地说:"柳昉哥哥很小就成了爷爷的弟子,一直住在我们家……除了我们家,我想不到别的地方。"

"所以你觉得楚柳昉会回你家?"林朗顺口问道。

这话一出口,别说其他人觉得荒谬,林朗自己也觉得不可思议。

哪有人犯了事还跑回家,这不是自投罗网吗?

藤月咬了咬嘴唇,脸色发白,她这才发现,她对楚柳昉其实并不了解,连他常去、爱去的地方都不清楚。

见状,易川竞握住藤月的手:"不管可不可能,我们找找再说吧。回到仙后市,说不定能发现一些线索。"

第十章

凤鸣一曲震九霄

1

最后大家决定,林朗三人继续留在泾川市调查,而第二天一大早,易川竞就陪着藤月回到了仙后市的家。不出意料,家里空荡荡的没有半个人影,所有东西还是维持着藤月离开前的样子,一看就没人进来过。

"楚柳昉没有回来,别太急,我们还有时间。"易川竞轻轻揽了揽藤月的肩膀,柔声说。

藤月脸色难看地点点头,月兔地宫刚刚坍塌,泾川市考古队和文物局的工作人员还有很多后续事件要处理,一时之间顾不上楚柳昉,可这并不代表他们会放过这个偷走文物的重大嫌疑人,现在她只盼自己能赶在他们之前找到楚柳昉,弄清楚到底发生了什么事,把丢失的八音乐器找回来。

虽然早已经做好了扑空的心理准备,但真看到时,藤月心里还是忍不住涌上一股失望,她强忍着鼻尖的酸涩,朝他点了点头:"嗯,我们还是看看有没有什么线索吧。"

看着心情低落的藤月,易川竞也只能低叹一声,跟着她一起去各个房间搜寻线索,不过两个人忙活了一上午,都没有找到什么有用的东西。

藤月无助地站在爷爷的书房里,灿烂的阳光从玻璃窗外照射进来,望着地上自己茕茕孑立的影子,心里又难过又绝望……她有太多的疑问想要搞清楚,楚柳昉为什么要把她推下月兔地宫?为什么要偷走八音乐器?爷爷性命垂危,而唯一能让爷爷苏醒的关键,却被楚柳昉偷走了。

楚柳昉的身上到底发生了什么?

"啪嗒。"

藤月的手茫然地从书架上翻动,无意间碰落了一本厚厚的书,书掉在地上,朝下摊开。她捡起来一看,发现是一本相册。这本相册连她自己都没见过。

藤爷爷身为古琴界的大师,沉迷在自己的专业上废寝忘食,无暇顾及其他。虽然藤月从小和爷爷一起生活,但一直自力更生。要不是他生了一场大病，性格变得柔和了很多，就连身为亲孙女的藤月都很难见到他的笑容。

她从不知道，爷爷一直在偷偷收藏她和楚柳昉的照片！

这一张，是她五岁生日那天拍的，她吃得满脸蛋糕，像小花猫似的，而楚柳昉拿着一块手帕在旁边，一脸的不知所措。

这一张，是楚柳昉十五岁时拍的，当时他拿到第一个古琴国际大奖，她给他放烟火庆祝。

这一张，是爷爷带着她和楚柳昉去踏青时拍的，前一晚两个人因为抢一包薯片吵架，第二天赌气比谁先爬上山。最后谁得了冠军她已经忘了，但下山后，两个人累得不计前嫌地靠在一起睡着了……

看着自己睡到流口水的照片，藤月先是"扑哧"一下笑出声来，随后又呆呆地怔住了，直到身后响起易川竞的声音，她才回过神来。

"小月，你发现什么了吗？"

她茫然回头，易川竞的目光刚触及她的脸，就立马走到她身边，关切地问："怎么了？怎么突然哭了？"

她眨眨眼睛，惊讶地伸手抚脸："我哭了吗？"指尖触摸到的是温润的水珠，她不知不觉间已然泪流满面。

易川竞看到了藤月手中的相册，目光微微一凝，伸手擦去她脸上的泪水："别哭，我们一起把他找回来。"

"嗯！我们把他找回来！"藤月使劲点了点头。

就在藤月合起相册想把它放回书架里时，易川竞忽然喊住她："等一下！你还落下了一张。"

他从地上捡起一张照片递给藤月，藤月扫了一眼，脸上的神色凝住了。这是一张她从未见过的照片，边缘已经卷曲泛黄。照片中，一家三口站在青砖白瓦的中式大宅子前，年轻男女彼此站得远远的，脸上带着疏离的微笑，没有丝毫互动，只有中间那个三四岁的小男孩在甜甜地笑着，眼睛大大的，秀气得像女孩子。

第十章 凤鸣一曲震九霄

"这是柳昉哥哥!"藤月瞪大眼睛,打量着照片中的夫妇,"这两个人是谁?"

"照片后面还有字。"易川竞提醒。

藤月翻过来一看,上面是爷爷的字迹。

××××年×月×日,摄于其祖宅溪元镇中门牌楼前,收养柳昉留念。

"收养……"藤月愣住了。

怎么回事?爷爷不是一直对外声称楚柳昉是他的关门弟子吗?因为他天资卓绝,自己才破格收他为徒。

"楚柳昉是被你们家收养的?"

"不应该啊……"藤月一脸震惊,"这件事,爷爷和爸爸妈妈从来没有跟我提起过。"

"他是什么身份这个之后再说,重要的是照片上的这个地址,是楚柳昉的老家吗?"易川竞若有所思地看着照片,"溪元镇?这个地方有点儿耳熟……"

"它在仙后市不远的郊区,以前学校组织春游时我听老师说过它是古镇保护区。"藤月后知后觉地说,"我坐车时经过好几次,那边的房子都很老了,也很萧条,都没有什么人去。"

"看来,我们得去溪元镇跑一趟了,"他眯起狭长优美的眼睛,"不过,在去那里之前,我得先回家拿一样东西。"

溪元镇位于仙后市的郊区,属于古镇保护区,建筑物都是有着几百年历史的古宅。然而因为这里离市中心很远,又因为要保护石板路,不允许汽车通行,生活实在是太不方便,所以很多原住民都已经搬家,大多数古宅空置着,只余下一些老人还住在这里。

易川竞穿着一袭米白色风衣,修长的双腿下蹬着黑色马丁靴,比平时的儒雅多了一丝飒爽的帅气,他背着一个长长的紫金色木纹匣子,中间用一个小小的吉祥如意锁锁上了。藤月跟在易川竞身边,时不时瞄一眼,好奇得心痒痒。

"易学长,你说你要回家拿的就是这个吗?里面装的什么呀?"

"不告诉你。"易川竞懒懒地一笑。

"哼,小气。"

藤月和易川竞拿着照片,开始寻找藤爷爷照片后所写的"中门楼牌坊",但溪元镇的小路错综复杂,很多地方又年久失修成了荒宅,丛生的野草都有一人多高,根本不知道从何找起。两个人在这儿转了许久,才找到一个蹲在家门口剥豆子的老婆婆。

"婆婆,请问您有没有见过照片上的这一家子?"易川竞走到她身边,俯下身询问。

老婆婆很热情,闻声后就凑过来看照片,不过她看了半天,都快把鼻尖贴到照片上去了,还是看不清楚。她朝他们挥挥手,无奈地指了指自己浑浊的眼睛:"老啦,眼睛不中用啦!"

易川竞想了想又问:"婆婆,那您知道中门楼牌坊在哪儿吗?"

"啥牌坊?没听说过。"老婆婆摇摇头。

见实在无法交流,易川竞刚想要放弃,却见藤月直接蹲下身:"来都来了,我们帮婆婆剥完豆子再走吧。"

易川竞宠溺又无奈地笑了笑,蹲下身,陪着她一起帮老婆婆剥起豆子来。

老婆婆非常高兴,一边剥一边唠嗑:"哎呀,还是你们好,现在的年轻人啊,不但没礼貌,前天还把车开进镇子里来了!如果镇长没去城里和儿子、媳妇一起住,看见了,非骂他不可!"

"婆婆,你说什么?"易川竞立马抓住了关键,"前天有个年轻人开着车进了镇子?"

老婆婆气愤地点点头:"是啊,开着一辆白色的货车,我看他往下搬东西,可能是送东西回祖宅的吧。"

易川竞和藤月对视一眼,都从对方眼里看见了惊喜和错愕,藤月赶紧追问:"婆婆,是不是这些天只有这一辆车开进镇子里?"

"当然啊,我们这儿可是不许进汽车的。"

那很可能是楚柳昉!

"您还记得这个年轻人的祖宅在哪儿吗?"

"怎么不记得?"婆婆伸手一指,"喏,从这后面过去,第三排中间那座白色屋顶的宅子就是了。不过那儿七八间的房子都成荒宅了,十几年没人住,也不知道他回来干什么。"

打听到了楚柳昉的行踪,易川竞倒不急着进去了,他拉着藤月在附近转悠了好几圈,神色越发凝重,藤月不明所以:"易学长,你在看什么?"

"我在看地形,"易川竞停了下来,"你看这些野草,一半乌黑焦枯,一半郁郁葱葱,说明有人特意清理过,但是不知道出于什么原因,没有完全清除掉。"

藤月顺着他手指的方向看过去,果然看到宅子前有一堆烧得焦黑的草灰。

易川竞继续道:"你再看屋檐,是不是有一块不正常的隆起?那边的瓦都被人揭掉了,不知道楚柳昉在搞什么鬼。小月,我们这样直接进去,很可能有危险。"

藤月皱起眉毛,骨子里倔强的个性又冒出来:"那也不能站在外面干看着啊！"

她挣脱开易川竞的手，目光坚定地看着眼前这座白色大宅——门前一尘不染，还挂着两个白色灯笼，紫红色的大门只是微微闭着，仿佛在迎接她进去似的。

"他是柳昉哥哥，我不相信他真的忍心伤害我。"她轻声道，像是对易川竞说，又像是对自己说，接着推开门走了进去。

白色大宅是传统的二进院子，一进门，一个浅浅的小池塘就映入藤月的眼帘，池塘里长满了滑腻腻的青苔。诡异的是，池塘中间泡着一尊半人高的石头大象，石象的象牙断了半截，死气沉沉地对着进来的人。

一阵阴风吹过，让人感觉浑身发毛，藤月有些害怕地抱了抱双肩："柳昉哥哥，你在哪儿？"

"藤月！"

易川竞刚追进来，奇怪的事就发生了！

"咚！"

一阵钟声惊起了院子角落的几只黑色渡鸦，紧接着，丝竹的敲击声有规律地响起，一下下，奇怪地与藤月的心跳声同步。她不禁捂住胸口，心脏不知为何"怦怦"跳得厉害，快得简直要蹦出嗓子眼了。

"小月，你没事吧？"易川竞上前一步，他双手连忙捂住她的耳朵，"小心！这个是柷，在古时是用来演奏雅乐的。没想到楚柳昉这么厉害，没有帮手，一个人就能操纵所有的八音乐器！"

"一个人操纵所有乐器？什么意思？"藤月听得一头雾水。

"就是……"

易川竞刚想要回答，一阵高亢的笙乐响起，藤月"啊"地尖叫一声："易学长，我……我的腿忽然动不了了！"

"别听！这些音乐可以操纵人！"他一只胳膊环抱住藤月的脑袋，另一只手想要从衣服上撕下碎布，给她堵耳朵。一只手不方便，他使了半天的劲儿都没撕下来。焦急中，他心生一计，仰天长啸了几声。

第十章 凤鸣一曲震九霄

古笙的节奏被打乱,音乐声停了下来。

心脏要爆炸的感觉忽然消失了,藤月大口喘着气,挪了挪腿,发现能动了。

易川竞的神情越发严肃:"恐怕没那么简单。"

话音刚落,又响起了幽幽的笛声,这是一首幽怨凄婉的曲子。笛声仿佛从天空中传来,听得人毛骨悚然。很快,易川竞发现不只是藤月,就连他的双脚也像被禁锢住了一般,无法动弹。

一个单薄清瘦的人影从池塘后面转了出来。

"柳昉哥哥!"

第十章 凤鸣一曲震九霄

几天不见,楚柳昉仿佛变了一个人似的。他身穿黑色外套,头戴黑色鸭舌帽;从来不戴任何首饰的他,耳朵上居然多了一枚红宝石耳钉,耳钉如血般的颜色,衬托得他白皙阴柔的脸多了几分邪魅。

他的手中抱着一把古琴,朝藤月挑挑眉:"你爷爷都被我弄成那样了,你还叫我哥哥?"

藤月激动起来:"柳昉哥哥,我不信是你所为!你一定是被八音乐器控制了,对不对?"

楚柳昉嗤笑一声:"我看起来像是神志不清的样子吗?"

被一直深信不疑的亲人背叛,藤月从没想到有生之年会经历如此痛苦之事,想起爷爷还在医院躺着,昏迷不醒,她的眼眶不禁蓄满了泪水:"我不相信……"

易川竞握紧她的手:"他现在已经不是你认识的那个楚柳昉了。"

"你错了,我一直都是她认识的那个楚柳昉。"

笛声还在幽幽地响着,楚柳昉不屑地挑了挑眉:"让我来给你们解释一下吧。月兔地宫出土的八音乐器之所以在以前被人称为'妖器',并不是没有原因的。它们以吞噬人类的负面情绪为生,所以通常会选中一个人,认他为主。只有主人可以同时操纵这八件乐器。而作为交换,主人要交出自己内心最深处的黑暗,任由它们将黑暗放大。"

藤月的脚无法动弹,但浑身都开始哆嗦起来。

"你听懂了吗?小月。"楚柳昉语气亲昵地叫着藤月,脸上却没有一丝柔情,"八音乐器是我拿的,在月兔地宫中见到它们的第一眼,它们就选中我,认我为主了。我只不过不想太过明目张胆地拿走八音乐器,才趁着半夜那些愚蠢的专家醉心研究时,操作八音乐器,让他们陷入昏迷。"

"所以爷爷昏迷真的是你所为?"藤月颤抖着说。

"是,"楚柳昉满是恶意地看着藤月,"这就是我的本来面目,

怎么样？你现在还认为我是你的亲人吗？"

"你为什么要这么做？难道因为你是被领养的，而爷爷对外声称你是关门弟子，所以怀恨在心吗？"

楚柳昉的脸色立马沉了下来："闭嘴！你以为自己是谁？就算我爸被判了死刑，我妈跟别人跑了，可我凭什么要被你们瞧不起？"

"这些我从来都没有听说过。"藤月震惊道。

"别装了，当初你们一家人从福利院领养我的时候，不就知道我的身世了吗？我爸是个巨贪，被判处死刑，而我妈卷走了家里所有的钱，和别的男人跑了。"楚柳昉脸上充满了怨愤，"你们只是为了满足自己伪善的心理才收养我，还指望我感恩戴德？"

藤月越听越气愤，大声地打断了他："爷爷是什么样的人，你还不知道吗？你对我们全家来说就是亲人！我一直把你当作亲哥哥！爷爷不对外公开你是被收养的，肯定是因为他知道你自尊心强，不想别人知道你的身世后，对你指指点点，让你难过，所以隐瞒了下来！"

她愤怒地将口袋里楚柳昉一家三口的合影丢在地上："你知道吗？爷爷有一本相册，里面珍藏的全都是我们小时候的照片！如果他真的这么虚伪，那他收集那些照片有什么用？"

楚柳昉俯身捡起照片，看到照片中小时候的自己笑得天真无邪，不由得怔住了。

一旁一直没开口的易川竟握了握藤月的手，想要给予她一点儿力量。

藤月深吸了一口气，平静了一些："柳昉哥哥，我不会纵容你做坏事的！收手吧！"

藤月这句话戳中了楚柳昉的痛处，他的表情变得痛苦扭曲，把照片往地上一扔："你和你爷爷一样，都那么的自以为是！"

他怒视着藤月，双眼通红："如果楚柳昉的内心对你们没有埋怨，又怎么会被八音乐器控制？他这个可怜虫，又自卑，又胆小！你们还不知道吧？是他偷走了冥月古琴！可笑的是，你们还一直在寻找偷琴的人。"

"什么？"藤月无法置信地看着楚柳昉。

易川竞也露出震惊的神色："冥月古琴是你偷走的？"

"没错，哈哈哈！"楚柳昉笑得狰狞，"这些年来，楚柳昉在你们藤家过得可一点儿都不开心。他每天都战战兢兢，如履薄冰，不敢犯任何错误。"

易川竞注意到楚柳昉的用词，沉下脸来："你一直称楚柳昉为'他'，你到底是谁？"

"我是楚柳昉，我是他心中的黑暗一面。只是他一直将自己伪装成善良乖巧的优等生，拼命压抑我的存在。"楚柳昉鄙夷道，"然而他不知道的是，越是压抑我，我就会变得越强大。现在，我借助八音乐器终于可以出来了，你们休想再把那个优柔寡断、磨磨叽叽的家伙唤醒！"

说着，他的目光变得锐利起来，笛声越发凄厉，狂风跟着大作。

他手中的琴虚浮在空中，伸手一抚——

"当啷！"

刺耳的音律化作有形的刀片擦过藤月鬓边，割断了她几缕长发，她吓得叫了一声："啊！"

楚柳昉唇边勾起冷酷的笑意，抬起手想要继续。易川竞猛地打开身后背着的木匣，从里面拿出一把琴。紫金色的古琴线条优美，尾部如同凤凰尾羽般高高扬起。他让藤月双手托琴，自己抚起琴来，清越的古琴音顿时打断了楚柳昉杀意满满的琴声。

楚柳昉的笑意一凝："怎么可能？你是什么人？居然能阻住我的流水琴音？"

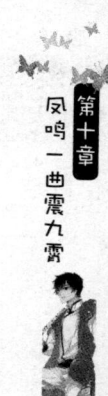

"柳昉哥哥,你收手吧,爷爷和我都不会怪你的!我们回家好吗?"藤月不肯死心地劝说。

"闭嘴!"楚柳昉阴柔俊美的脸上被黑气侵蚀,他咬紧牙关,耳朵上红宝石耳钉的血色更加瑰丽。

他手上加快了动作,古琴的音波发出阵阵白光,击打在小池塘的水波上,溅起银色的水花,石头大象霎时被砍得四分五裂,有几块碎石直接冲着易川竟飞了过去。

易川竟咬着牙加快了指法,石块在空中碎裂开来,变成粉末。他不想伤害楚柳昉,又要保护藤月,不由得捉襟见肘,体力渐渐不支起来。楚柳昉看穿了他的顾忌,肆无忌惮地集中攻击起藤月来。

"柳昉哥哥,求你你收手吧!"藤月哭喊道。

音乐操纵着疾风擦过易川竟的脸颊,刮出一条血痕,藤月看在眼里,心急如焚,只恨自己没有特殊能力帮助易川竟。这时,易川竟的手又被楚柳昉的流水琴音割了一刀,血流不止,他手疼得顿时一滞。

见状,楚柳昉丝毫不给两人喘息的机会,他快速弹奏着古琴,一连串的白光又猛烈地袭了过来。情急之下,藤月来不及思考,闭上眼睛侧身挡在易川竟身前。

"小月!"

易川竟焦急的声音在藤月耳边响起,风声呼啸而过,然而预想之中的疼痛并没有到来。

只听见"叮"的清脆一声响,一阵清丽婉转的笛声响了起来,藤月睁开眼睛,看见一个白色的人影挡在她的身前。

"白石大哥!"藤月惊诧出声。

两个人没想到关键时刻白石居然赶来帮忙,更令人惊讶的是,他手中虽然拿着一支不起眼的普通竹笛,吹奏出的笛音却彻底干扰到了楚柳昉的弹琴节奏。

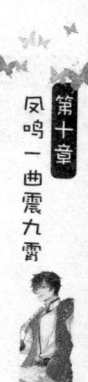

第十章 凤鸣一曲震九霄

白石没有说话，只是和易川竞对视一眼，易川竞立马明白他的意图，强忍着手上的疼痛，配合着白石的笛声，弹奏起古琴来。

和白石配合了一会儿，易川竞越来越心惊，他没想到白石也拥有奇异的能力。白石似乎有和乐器沟通的能力，在白石的笛声影响下，易川竞的攻击力被放大了很多倍，楚柳昉的流水琴音被牢牢压制住。这时，被楚柳昉藏在祖宅中的其他七件乐器摇摇晃晃地飞了出来。

"不！"流水琴控制不住地从楚柳昉手中脱离出来，他嘶吼一声，耳垂上的红宝石耳钉随之脱落。一瞬间，他的脸上闪过一丝恍惚，便晕倒在地上。

易川竞停下了动作，没有继续攻击，他受伤的右手已被鲜血染红，正"滴答滴答"地往下滴着血，藤月一阵心疼。

"易学长……"

"我没事。"易川竞扯出一丝笑容，想要安抚她。

被迫显形的八音乐器狼奔豕突，齐齐发出属于各自的悲鸣想要逃走，白石将手中的竹笛抛向空中，笛子居然幻化成一张大网，将八件"嗡嗡"挣扎的乐器拢了回来。

白石走到他们跟前，清冷的脸上没有什么表情："你们没事吧？"

藤月含着眼泪点点头，易川竞也松了一口气："太好了，白石，要不是你过来，恐怕我们就……"他的话音还没落，脸色猛然变了："小心！"

一道黑色人影迅速从祖宅里蹿了出来，举着一把银光闪闪的匕首直刺白石，易川竞只来得及拉了白石一把，没想到对方只是虚晃一招，目标居然是白石身后的八音乐器！

黑衣人身手敏捷，藤月只看到那个人深棕色的短发染了一抹浅金，口戴黑色面罩，身材高大，猿臂蜂腰，看起来是个男人。电光石火之间，黑衣人抢到流水琴转身就逃走。

白石立马上前阻拦，就在他和黑衣人过了几招，正面对上时，他的

脸色忽然凝固了一瞬,恍神间,动作也慢了下来。

黑衣人借机抛出一个银色圆球——

"白石大哥,小心!"藤月赶紧出声提醒。

伴随着"扑哧"一声,白色的烟雾在整个宅院中弥散开来,三个人的视线一时间变得苍茫一片,什么都看不见了。

等到烟雾渐渐散去,庭院里再也没有黑衣人的踪影,而八音乐器中也少了一件最重要的——流水琴。

"对不起。"白石走到藤月跟前,抿了抿薄薄的唇。

藤月勉强扯出一抹笑容,摇摇头:"以后还有机会找回来的,我们先送易学长和柳昉哥哥去医院吧。"

白石点点头,打电话报警以后,背起昏迷不醒的楚柳昉,先一步走出了楚家祖宅大门。

藤月扶着易川竞,跟在白石的身后,望着白石的背影,她不由得产生了一丝迷惘……

刚刚白石和黑衣人正面对上的瞬间,是认出了黑衣人是谁吗?

八音乐器拿回了七件,在泾川文物局工作人员的安排下,白石和专家们弹奏了《八音霓裳曲》,很快,他们陆续苏醒了过来。然而,因为流水琴被人拿走,所以只有藤爷爷依然处于昏迷中。在医生的建议下,藤爷爷被转移到了VIP(贵宾)看护病房。

"老师,是我铸成了大错,你对我那么好,我却害了你……"

楚柳昉苏醒以后,对自己被八音乐器操纵的事愧疚难当,他没有勇气走进病房看藤爷爷一眼,只能站在病房门前忏悔了两个小时后黯然离开。随后,他提着大大的行李包离开了,既没有回家,也没有告诉藤月自己要去哪里。

藤月心如刀割地看着楚柳昉离去的背影,楚柳昉这次犯的错误实在太严重,要不是他保证一定会拿回流水琴,此刻已经被警察局拘留了。

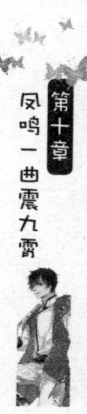

一只修长洁白的手落在了藤月的肩膀上,她扭过头,看到易川竞站在她的身后,俊美如玉的脸上带着一丝心疼。

"想哭你就哭吧,别忍着。"

易川竞那低沉悦耳的声音让藤月惶恐无依的心一下子找到了归宿,她扑进他怀里:"易川竞!呜呜呜……"

泪水从藤月眼眶中涌出,打湿了易川竞的衣服,易川竞的心里也酸酸的,他伸出包扎着绷带的手,将她颤抖的身体紧紧拥入怀中,轻声说:"别害怕,我在这里。"

经历了这么多风雨变故,在两个人心中,早已把彼此当成了最重要的人。以后,无论是甜蜜还是苦涩,他一定会陪在她的身边,他在心中发誓。

第十一章

意想不到的眼睛

1

接下来的日子，藤月不得不担负起照顾爷爷的重任，不过幸好有易川竟每天陪她一起医院学校两头跑，还有许筱竹这个绝世好闺蜜，带着蒹葭古风社的成员们轮流照顾藤爷爷。除此之外，还有泉玖、林朗等人也会不定时地前来探望，让藤月肩上的重担轻松了许多。

更令人惊奇的是，许筱竹的死对头齐非旭也来探望了，藤月简直惊呆了："齐非旭？你……你怎么在这里？"

齐非旭臭着一张脸，举起手里的海鲜粥："还不是许筱竹，每天都推托自己没时间，都不接受我们风雅颂的挑战了，她今天要去参加一个古风歌填词讨论会，没空来医院，威胁我说如果我不帮忙送饭，她以后就再也不让蒹葭古风社和风雅颂文学社竞争了！"

"这……"藤月一脸无语，"就这个原因？"

"不然还能是什么？"齐非旭凶巴巴地把粥往藤月手里一塞，却没有立刻离开，而是憋了半天说道，"不过藤大师是我很尊敬的人，如果以后你有什么需要帮忙的，跟我说一声就行。"

还没等藤月回过神来，齐非旭就离开了病房，易川竟从外面进来，一脸意外。

"齐非旭来了？他跟你说了些什么？"

"他说我有什么需要帮忙的跟他说……"藤月回想起齐非旭面红耳赤的模样，心头暖烘烘的，"说不定，小竹和齐非旭以后会有戏呢。"

"我也觉得。"易川竟那双明亮的黑眸里掠过一丝亮光，"或许，有机会你可以提议让他们两个一起举办活动。"

因为要照顾爷爷，而离期末考试只有一个月了，藤月整天忙得焦头烂额，根本顾不上维持网文《琴师》的每天更新字数，只好跟诸葛千兔老实交代了她家里的情况。诸葛千兔知道后，以她的笔名"藤萝月光"的名义，帮她在网站上发了个请假公告。不过虽然她暂停更新，读者们

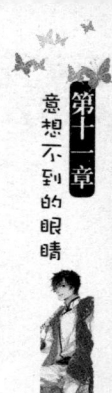

第十一章 意想不到的眼睛

却没有怨声载道,而是纷纷留言支持和鼓励她,让她好好照顾家人,甚至有一些读者细心地整理了照顾病人的贴心提示。

家人的健康最重要啊!藤萝月光大大不要太担心,你这么细心地照顾家人,爷爷一定会很快好起来的!

大大放心,我们都会在这儿等你回来的!

为大大祈福!唉,想到了我已经过世的爷爷,哭了……

看到一条条善良友好的留言,藤月的心里涌起一股又一股的暖流。

在藤爷爷住院的第二周,他所住的病房收到了一个巨大的果篮,巨大的果篮里装有四五十种水果,是由两个穿黑衣服的大汉合力抬进去的。

"你们这是在干吗……"藤月目瞪口呆地看着这惊人的场面,问跟在他们后面的女生,"池依然,这个果篮是你送的?"

"没错,听说藤大师生病了,我过来探望一下。"

池依然着一身名牌连衣裙,红唇白肤,光彩照人,她摘下墨镜道:"藤大师的病情我也听说了一些,如果你对国内的医生不放心,我可以帮你联系国外的专家。"

"谢谢你,"藤月十分感激,不过也有点儿犹疑,"不过,你为什么要对我这么好?"

"算是对你们上次帮我解围的报答吧……"池依然不自然地说,"总之,你有什么需要我帮忙的,尽管开口,钱绝对不是问题。"

"池依然……"藤月感动地看着她。

藤爷爷的病情非常特殊,就算到国外诊断恐怕也没有什么不同,不过池依然的行为让藤月刮目相看,藤月终于明白外界对于这个千金大小姐的评价名不副实,她内心其实是一个别扭却也真性情的女孩。

藤月目光闪闪:"你也是,如果你想要朋友,喜欢古风音乐的话,欢迎来我们蒹葭古风社玩!我和小竹都很喜欢你的!"

197

池依然的脸"唰"地一下红了:"谁……谁想要朋友了?莫名其妙!"说完,她又戴上墨镜,带着保镖们走掉了,离开的速度简直就像有恐龙在她背后追,看得藤月忍俊不禁。

藤月"善解人意"地在背后喊:"是是是,我知道啦!是我很想和池大小姐当好朋友啊!"

不知道池依然是否听见,藤月只看到她的脚步踉跄了一下,头也不回地溜走了。不过第二天,许筱竹就兴致勃勃地跑来告诉藤月:"小月你知道吗?那个CHII集团的大小姐池依然,她昨天来问我,外校学生能不能加入我们蒹葭古风社呢!"

"是吗?"藤月笑眯眯地问,"那你怎么说的?"

"我当然说可以啦,音乐无国界嘛!"许筱竹兴高采烈,"结果她马上就给了我一张入社申请表,还是在网上下载填好的那种!没想到我们蒹葭古风社也有大人物想要加入呢。"

"要对自己有点儿信心,"藤月捏住许筱竹的脸蛋,俏皮地往两边拉,"我们蒹葭古风社,也是在市音乐厅演奏过的社团哦。"

"嘻嘻!"许筱竹得意地一笑,"不过这次,徐梦溪和池依然闹翻以后缺少资金,一直做不出作品,人气不断下滑,她肯定恼火死了。"

"管她呢,我们做好自己就好。"

看着藤月云淡风轻的样子,许筱竹突然嬉皮笑脸地撞了撞她:"小月,我发现你最近和易学长越来越像了啊,说实话,你们现在是什么关系?"

提到这个问题,藤月吞吞吐吐起来:"你……你说什么啊……哪有什么关系?"

许筱竹搭上她的肩膀:"别装了,从月兔地宫出来后,你和易学长一下子变得亲昵了许多,他现在几乎天天来探望藤爷爷,还帮忙照顾。要说你们之间没什么,我才不信呢。"

藤月的脸直发烫:"可是,我真的不知道现在自己和易学长是什么情况……"

易川竞是那么温柔、正直、善良、体贴,却也没有对她说过什么特别的话。每当想起易川竞,她的心里都忍不住涌出甜甜的感觉。

"行了,我知道了。"许筱竹理解地松开了她,"不过,小月,我觉得易学长真的是一个很好的人。"

"是的,我知道。"

他当然是这个世界上最好的人,最好最好的易川竞。

第十一章 意想不到的眼睛

两个人聊了一会儿,易川竞那熟悉的颀长身影就走进了病房,看到他给藤月带了便当,许筱竹一脸羡慕:"哇!自制爱心便当,这也太棒了吧?"

易川竞笑而不语,倒是藤月不好意思起来:"要尝尝吗?"

"不了不了,"许筱竹拍拍藤月的肩膀,"我就不当电灯泡了。我先回去啦,有事记得给我打电话!"

许筱竹一蹦一跳地离开了病房,易川竞打开便当盒,露出里面色香味俱全的菜色,又十分自然地递过汤勺,叮嘱藤月:"先喝汤,我特地给你炖了莲藕排骨汤。"

"嗯。"藤月一边答应着,一边忍不住抬手揉了揉眼睛。

见状,易川竞白皙俊美的脸庞染上了一丝担忧:"你怎么了?是累了吗?"

"也没有啦,就是这几天忙着赶作业,有点儿没睡饱,习惯了就好。"藤月喝了一口汤,不经意间,一双修长温暖的手落到了她的头上。

易川竞轻轻摸了摸她的头:"不要勉强自己,这几天我来照顾藤大师好了。"

藤月抬眼看向他,她一眼望进他那深邃的眼眸,如水,如星,明亮又沉静,带着无限的柔情,让人不由自主地沉醉。病房里安静极了,一阵风吹来,窗外传来"簌簌"声。

她想,那是夏天花开的声音。

吃过晚饭,易川竞拿出自己装玉笛的小盒子,藤月凑过去摸着上面樱花花瓣的图案:"这不是第一次你让我保管的乐器盒吗?当时你还戴着面具,在我面前装模作样呢!"

"是啊,我当时在想,这是谁家的小傻子,先让她帮我摆脱那些女生再说。"

"你才是傻子!"藤月不满地抗议。

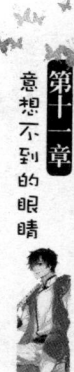

第十一章 意想不到的眼睛

"可没想到,后来那个小傻子为了保护我的乐器盒,居然被人欺负,而且不管别人怎么对待她,她都坚持不肯将盒子交出去。"易川竞微笑着摇摇头,"从那时起,我就忍不住对她更在意一点儿,更关心一点儿,想要好好保护她,不让她再受伤害。"

易川竞将玉笛横在唇边,一首轻柔优美的乐曲飞了出来,藤月半支着下巴欣赏着美妙的笛声。有着"古风大神"之称的他能轻松自如地驾驭数十种乐器,可她却偏爱他吹笛的样子。他的气质高华,指法雅秀,哪怕是坐在医院病房里,也像是翩翩少年吹笛画楼中,仿佛一幅淡雅的山水画。

轻柔连绵的曲调,犹如二八少女在耳边低吟清唱,舒缓了藤月一天的疲累,不知不觉间,她只觉得自己的眼皮越来也重,越来越重,最后曲调未完,人就已经半倚在爷爷的病床边睡着了。

一曲终了,易川竞睁开眼睛,看着藤月已经陷入梦乡,她不知道梦见了什么,眉头紧锁,他伸出手轻轻抚平了她眉心的"川"字,俯身在她脸颊上落下一个吻。

"好好睡,小傻瓜。"

藤月已经很久没有这样美美地睡上一觉了。

深沉的黑暗中,她连梦也不做,感觉自己浑身暖洋洋的,仿佛被泡在温暖的泉水里。忽然,远处传来一阵琴声,断断续续的,让她听不太真切。

是易川竞在弹琴吗?她懒洋洋地想。

她正欣赏间,本来轻柔的琴声变得激昂,仿佛海浪拍打着岸崖;而到了后半段曲调又由商转徵,如冰山消融,汇聚成涓涓细流……

睡意远去,藤月迷迷糊糊地醒了过来。她睁开眼睛,坐起身来,肩膀上披着的毯子"咻"地滑落在地。病房里没有开灯,只有窗外的月光透过玻璃照射进来,她依稀看到爷爷的病床前站着一个黑影,那人手里

抱着一个大大的物件，看轮廓像是古琴。

"易学长？"藤月揉了揉眼睛喊道，可对面的黑影就像一尊雕像，一动不动。

"易学长，你怎么不开灯呢？"见易川竞没有回答，藤月起身去开灯。她起身与那个人不经意地对视了一眼，那是一双灿若星辰的眸子，看不出情绪，正紧紧盯着她。

她的脑海中猛地闪过一道白光。

等等！易川竞根本没带古琴来医院啊！

"你是谁？"

藤月刚问出口，那个人的身影就迅捷地掠向窗台，等她跑到窗前，发现那个人已经消失无踪，只余下一抹淡淡的香在病房里浮动。

她双手撑着窗台，脑子里闪过无数个问题……这个人是谁？是抢走流水琴的黑衣人吗？他为什么突然出现在爷爷的病房里？她睡梦中听到的琴声难道就是他弹的吗？

思绪纷乱间，病房里"啪"的一声亮起灯光，熟悉的声音从藤月身后响起："小月，你醒来了？为什么不开灯呢？"

"易学长——"藤月转过身，想把刚刚发生的事告诉易川竞，可目光触及他那双狭长优美的黑色眸子，整个人骤然呆住了。

她突然发现易川竞的眼睛和刚才那个神秘人的眼睛长得好像，都是乌黑明亮，宛如两颗黑曜石在黑夜里熠熠发光……

"小月？"易川竞不解地走近一步。

"易学长，刚刚有个人——"藤月回过神来，话才说到一半，病房里响起一声微弱的呻吟，打断了她。

藤月不敢相信地瞪大眼睛，朝发出声音的方向看去，而易川竞比她快一步，冲到病床前。

"藤大师！您醒了？"

第十一章 意想不到的眼睛

第二天,艳阳高照的晌午,金灿灿的阳光照进屋内。窗外,微风徐徐,送来花园的芬芳,一改之前压抑沉闷的气氛。病房里聚满了人,收到藤爷爷苏醒的消息,许筱竹、泉玖、林朗、齐非旭等人第一时间就赶了过来。

"你们都太隆重了!"藤月哭笑不得,"爷爷才醒来,他身体比较虚弱,需要接受各项检查。你们今天过来也看不到他人啊。"

"没关系,醒来就好。"泉玖露出一抹放松的笑,"大家这些天都担心坏了,这可是一个好消息。"

许筱竹也猛点头:"是啊,太棒了!可真是愁死我了,我还真以为要等找回流水琴才能唤醒藤爷爷呢!"

藤月和身边的易川竞交换了一个眼神,苦笑着摇摇头,没有接话。昨夜她把神秘人来访的事告诉了易川竞,易川竞马上对藤爷爷的身体进行了检查,确认藤爷爷是因为有人用流水琴弹奏了《八音霓裳曲》才醒过来。两个人都想不通,这个抢走流水琴的神秘人,为什么要返回来救藤爷爷?

这个人是敌是友?他的目的又是什么?

她抬起眼睛,不经意间对上白石那双淡漠的眼睛,瞬间,脑中闪过一道白光。

对了!当初白石及时赶来,帮助易川竞打败楚柳昉,还收服了八音乐器,也因此跟黑衣人正面对上,他是否知道些什么呢?

"白石大哥!"送大家离开时,藤月特地叫住了白石。

白石似乎对于自己被留下来一点儿也不意外,他静静地站在医院走廊里,等着她的下文。

"白……白石大哥……"藤月咬了咬嘴唇,"你是不是对八音乐器很了解?还有那天我们遇到的那个黑衣人……"

"我知道你要问什么,不过很抱歉,我不能告诉你。"白石干脆利

落地回答。

藤月尴尬极了："啊，是……是吗？"

"不过关于月兔地宫的八音乐器，我倒是听说过一个传言。"白石不紧不慢地说，"泾川王钟爱八音乐器，一生都在搜集世间名琴，就是专门为了演奏一套师旷留下来的宫廷雅乐。传闻中，这套雅乐是兴国安邦之曲，世上所有的帝王都想得到它，而失传的《八音霓裳曲》只不过是这套雅乐的序曲而已。"

"也就是说，月兔地宫里，除了《八音霓裳曲》，还有其他……"

藤月吃惊极了，她想到那个坍塌的地宫，惋惜到心痛。记载《八音霓裳曲》的竹简都快腐朽掉了，现在又经历地震掩埋，估计就算真有什么乐谱，也一定不复存在了。

"这个传言，我也只是听说而已，并不能证实。"白石说完就要走，藤月焦急地拉住他的手臂："白石大哥，你……究竟是什么人？"

从她第一次见到白石，他就一直那么神秘。后来他与林朗、易川竟一起出现，她也自然而然地把他当作了"自己人"。可现在看来，他的身份也许并不简单。

这个问题白石并没有回答，他只是微微眯了眯清冷的眸子，深深地看了她一眼，就转身离开了。

看着白石的背影，藤月蹙起了眉头。

她料想到白石不会轻易告诉她什么，聚集在她心底的疑惑却无法消散而去。她没有将神秘人的眼睛和易川竟很像这件事告诉易川竟，虽然她心里已经有了隐约的猜测，却不能说出口。易川竟寻找哥哥找了这么久，如果这次又是竹篮打水一场空的话，他该遭受多么大的打击……

不知道为什么，她的心里总有点儿不安，觉得自己好像忘记了些什么。

傍晚时分，绚烂的夕阳染红了半边天空，漫天彩霞壮丽得惊人，易

第十一章 意想不到的眼睛

川竞从检查室接回了藤爷爷,并且把"碍手碍脚"的藤月从病房赶了出去,让她好好休息。

藤月站在医院花园里,初夏季节,青草和花朵都在肆意生长,郁郁葱葱的翠绿和五彩斑斓的花苞交叠在一起,就连绽放的香味都透出蓬勃的生命力。

"呼……"她伸了个懒腰,长长地吐了一口气。

花园小径的尽头,易川竞走来,白皙如玉的脸上表情温柔:"藤大师正在喝粥,说不用我陪着,我出来看看你,这段时间辛苦你了。"

"哪有,是我麻烦你了。"藤月不好意思地说。

"我们之间哪有什么麻烦一说?"易川竞扬起唇角,伸手将藤月鬓边的碎发别到脑后。

藤月的脸"腾"地一下红了,羞涩间,她连忙转移了话题:"柳昉哥哥走后连手机号码都换了,爷爷醒了我也没法通知他,也不知道他现在在哪里,过得好不好。"

易川竞挑了挑修长的眉毛:"你真想知道吗?他不是对你说了很过分的话吗?"

"当然啊!"藤月神色黯然,"就算爷爷没告诉我柳昉哥哥是他收养的,我也一直把他当成亲哥哥。只是我们家的人性格都大大咧咧的,柳昉哥哥却细腻敏感。他太爱钻牛角尖,被八音琴控制了心神。也怪我们,没有给他安全感。"

易川竞静静地看着藤月,黑曜石般的眼睛里流露出温柔的神色,藤月被盯得脸又红了,他才缓缓地说:"既然这样,我觉得你也不用担心了。你往后看,是谁来了?"

藤月转过身,忽然像被施了定身术一样,僵在原地——

楚柳昉穿着卡其色风衣,手提黑色行李箱,他白皙的下巴上不知道被什么刮出了几条红痕,手指上也伤痕累累,一副风尘仆仆的样子。

"小月……"楚柳昉面带愧疚地看着藤月,声音有些哽咽。

"柳昉哥哥!"藤月扑进他的怀里。

半小时后,楚柳昉紧张地站在病房门口,他下巴和手上的伤口经过处理,看起来不再那么狼狈了。

"去吧,我已经跟爷爷说过了。"藤月鼓励地拍了拍楚柳昉的肩。

楚柳昉点点头,深吸一口气,推门走了进去。

病房门被合上,藤月忍不住担忧地踮起脚尖,想要透过气窗往里瞧,易川竞忍俊不禁道:"别看了,小管家婆,我们去那边长椅上一边休息一边等吧。"

"你不知道,我爷爷生起气来很可怕的,这次柳昉哥哥又是弄坏冥月古琴,又是偷走八音乐器……唉,爷爷一定非常生气。"

"放心吧,楚柳昉这次回来,也是找到了补救的办法。"易川竞拉着藤月在一旁坐下,她好奇地转过脸:"补救的办法?什么办法?"

"还记得我说的吗?我父亲是制琴师,也会修理古琴。之前损坏的冥月古琴被寻找回来后,我拍了照片发邮件给父亲,想要让他帮忙。当时他人在国外,说回国后才能着手修理。"

"冥月古琴竟然能修好?"藤月震惊不已,"所以柳昉哥哥这次离开是——"

"是我交代他去天萝山上寻一段上好的桐木回来,用来修复古琴。"

"你父亲真能修好冥月古琴?"藤月还是有点儿不敢相信。

"当然,"易川竞流露出专属于"东篱忘川"的霸气与自信,"没有我们易家仿制不了、修补不了的古琴。楚柳昉这个时候赶回来,肯定找到了适合修补冥月古琴的桐木。"

楚柳昉在病房里和藤爷爷谈了许久,久到藤月都靠在易川竞的肩上睡了一觉。等他出来时,秀美的脸上满是释然。

"怎么样?柳昉哥哥,爷爷说了什么?"藤月坐起身来。

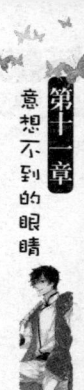

楚柳昉走到两人面前，苦笑着看向易川竞："你说得没错，老师谅解了我……是我太小人之心。我不配当老师的学生，也不配当小月的哥哥。"

易川竞没有说话，藤月忍不住反驳起来："柳昉哥哥你说什么呢？你永远是我的哥哥！"

"是啊，我是你的哥哥……"楚柳昉柔和的五官笼上了一层忧郁，他伸手摸了摸藤月的头，低声说，"小月，你们对我这么好，我却这么卑劣、自私。以后我会用我的余生来弥补、保护你，不让你受到任何伤害，也为了老师的名誉而战斗，哪怕我真的不值得被原谅。"

他的语气是那么哀伤，带着浓浓的自我厌弃，藤月一时呆住了，等她回过神来时，楚柳昉已经走远。

看着楚柳昉失魂落魄的背影，藤月的心脏像被一双无形的手狠狠掐住了。易川竞轻轻揽过她的肩膀，温暖的体温从他身上传递过来："小月，别难过。"

藤月倚在易川竞宽阔的怀里，红了眼眶。

她是一个贪心的人，她希望自己身边的人都能幸福，可是现在楚柳昉回来后，虽然走出了从前的阴影，明白她和爷爷都是真正在乎他的，却也完全失去了对人生的热情。

"他为什么要说这样的话？说什么用余生来赎罪……"藤月哽咽了，怔怔地流下了清亮的泪水，"这么一来，他不又给自己的未来套上了沉重的枷锁吗？"

易川竞替她擦着眼泪："你是觉得，楚柳昉不应该用自己的一生去赎罪吗？"

"当然，任何人都只有一个一生。我和爷爷都不需要他的保护，也不需要他牺牲奉献。每个人都有权利去追寻让自己开心幸福的东西，而不是为别人而活……"

易川竞看着怀里的藤月，幽暗的黑眸如一泓深潭。

"别难过,他迟早会明白的。"

藤爷爷的身体恢复得很快,没过几天,就康复了。在藤爷爷出院的前一天,藤月特地回家打扫卫生,却发现家里被打扫得一尘不染。

"柳昉哥哥?"藤月走向楚柳昉的房间,迎面撞上他提着行李出来,他房间里变得空空荡荡,所有东西都被打包放进了纸箱。

她心中一惊:"你要去哪里?"

"小月,我要搬出去了。"楚柳昉神色痛苦而愧疚,对她挤出一丝勉强的笑容。

"可是……"

"我已经决定了,小月。"楚柳昉打断藤月的话,"你放心吧,我每周都会回来看你和老师的。"说完,他提起行李步履匆匆地离开了,只留下藤月一个人呆呆地站在原地,心情复杂。

藤月回到学校后,重新更新起了《琴师》,她将自己在地宫冒险的经历写进了小说中,引起了读者极大的热情,这本作品的成绩"噌噌"地往上涨,还上了"最受欢迎新作榜"。

诸葛千兔特地打电话过来:"恭喜你呀,小月!你的作品上榜啦!"

"嘿嘿,谢谢编编!"

"不过,那个新出场的男配是谁啊?真的好帅噢!读者们都迷上了这个神秘人呢。"电话那头,诸葛千兔的声音超级兴奋,"他和男主角的眼睛长得一模一样,所以他和男主是有血缘关系的,对吗?他是不是就是男主失散多年的哥哥?"

藤月一愣,过了好半晌才俏皮地回答:"不告诉你!"

"啊!什么嘛……我可是你的编辑哎,居然连一点点提前预知的特权都没有吗?"

两个女生嘻嘻哈哈哈聊完天,藤月挂断了电话,不由得长长地叹了口气。《琴师》之所以这么受欢迎,是因为她不但增加了男女主角一起

冒险的离奇瑰丽情节，还新加了一个神秘男配角。这个人亦正亦邪，似敌似友，出场时总是蒙着面，在读者中很有人气。最重要的是，他拥有一双和男主人公"琴师"非常相似的眼睛，明亮，坚定……

藤月的思绪不由自主地飘到了在医院的那个晚上，她几乎有百分之八十的把握，这个神秘人就是易川竞的哥哥易川凌，也是他潜入病房对藤爷爷弹奏了《八音霓裳曲》。可如果一开始他就是要帮助她的，为什么又要多此一举抢走流水琴呢？而且他在地宫里留下的那串字符，差点儿让她和易川竞都葬身巨石之下……明明他比任何人都要早来到月兔地宫，他为什么又不拿走八音乐器，非要跟到楚柳昉的祖宅时才动手？

一个又一个问题，让藤月的脑子快要炸裂开来，她好几次打开手机通讯录，想要和易川竞讨论，可又生生地忍住了。

"哐当"一声，许筱竹推开宿舍门走了进来："小月，你在啊。"

她和藤月打了个招呼，又凶巴巴地对着手机怒吼起来："你到底听不听得懂人话？我最近很忙，就要期末考试了，现在我没空和你们风雅颂社团比赛！"

说完，她狠狠地挂断了电话，见藤月促狭地看着她，不好意思地抱怨起来："齐非旭这个家伙，追着我要比赛，我复习都来不及了，哪有那么多时间陪他玩？"

"你确定是追着你比赛，不是在追……你吗？"藤月哈哈大笑。

许筱竹的脸一下子红了，朝藤月扑了过去："小月！"

藤月灵活地闪躲开许筱竹的攻击，两个人笑闹了一阵，这时，藤月的手机响了起来。

"不是说要去图书馆复习吗？"电话里传来易川竞轻柔的声音，"下来吧，我在楼下等你。"

"嗯！"藤月撩起窗帘看去。

楼下，易川竞的身影挺拔如松，他拿着几本书站在女生宿舍楼下，俊美儒雅的容貌惹得路过的女生们频频回头。

许筱竹贼兮兮地凑过去："怎么样？还不快下楼去见你的东篱大神呀！图书馆的约会噢，听起来好浪漫。"

藤月面颊一热，伸手在许筱竹头顶敲了一下："易学长是看我缺课太多，想要替我补课的！"

"哦哦……补课！"

"小竹！"

"哈哈哈……"

女孩子们清脆的笑声从打开的窗户里飘出来，易川竟似有所感地抬起头。不知道从哪儿吹来几片花瓣，温柔地随着微风落在他的肩上，不知道想到了什么，他脸上浮起一抹淡淡的微笑。

易川竟知道还有很多问题需要解决，突然出现的神秘人、被抢走的流水琴、八音乐器的秘密……每个问题都像一团麻线，缠绕在一起，难解难分。

然而这个夏天有了藤月，一切变得如此不同，就连看到一片小小的花瓣，都会让他忍不住想要微笑。以前，他从未期许过什么；现在，他开始期待有她的未来。

那一定会非常甜蜜，幸福。

第二天早上,易川竞等在藤月的宿舍楼下,说要告诉她一件很重要的事,两个人刚刚碰面,易川竞的手机就"嗡嗡"地振动起来。

"喂,林朗,怎么了?"易川竞接起电话,本来温和的神色一下子变得严肃起来,"你说什么?"

没过多久,他便挂断电话,蹙起修长的英眉:"小月,抱歉,我们今天不能去图书馆了。"

"啊,好的。"藤月点点头,"如果你有事的话……"

"不,不只是我,是我们。"易川竞抿了抿淡绯色的唇,"林朗说,今天早上他清点货物的时候,发现琳琅琴行的藏琴阁忽然多了一把琴,他发现这把琴跟被抢走的流水琴很像。"

两个人匆忙赶到琳琅琴行,琴行货架上,静静放着一把线条优美的琴,木制的琴身在灯光下折射出柔润的光泽。

"这……这真是流水琴吗?"虽然这把琴与他们见过的流水琴的模样如出一辙,但完全没有八音乐器在楚柳昉手中时散发的邪门气息,藤月有些怀疑地问道。

易川竞仔细端详了十分钟,凝重地点了点头:"这就是流水琴,不知道被谁还回来了。"

"还有,"林朗一改以往的桀骜洒脱,整个人看起来很颓丧,"今天早上白石走了,给我留下了一封辞职信。"

"白石大哥走了?"藤月惊讶道,"他去了哪里?"

"我怎么知道?"林朗暴躁地挠挠头,"啊啊!他可是我们琴行的第一琴师啊!就这么走了,辞职了!有话不能好好说吗?"

易川竞幽黑的眸子里闪过一道光,他沉吟了半响:"我觉得这件事恐怕没有那么简单……你们知道吗?今天早上我得到消息,昨晚存放在泾川文物馆的七件八音乐器全都不翼而飞了。"

面对两个人惊愕的目光,易川竞扭头对林朗说:"林朗,白石到底是什么人,你对他的身份知根知底吗?"

尾声

"我……"林朗一时哑口,他回想了半天,一脸迷茫地道,"我不知道啊!我十八岁时还在国外留学呢,后来父亲病重叫我回来继承琴行,但那时候他就在了。关于他我还真的不清楚,父亲也没跟我提过。"

"他住哪里呢?"藤月追问。

"这个……"林朗答不上来。

易川竞无语地看了他一眼:"所以说,对于手下的员工,你除了知道他叫什么之外,其他一概不知?"

"我……我这是……尊重别人隐私嘛!"林朗脸红脖子粗地辩解。

藤月猛然想起一件她疑惑很久的事情:"啊!"

易川竞和林朗纷纷朝她投去目光,她瞪大眼睛问林朗:"上一次'萤之光'公益音乐会,你们琴行不是最大的赞助商吗?最后的嘉宾奖品也是你们琴行准备的。林朗,你还记得奖品是什么吗?"

"我记得是一套八音乐器模型吧?"林朗不确定地说,"其实这个奖品是白石准备的……"

"果然是他,白石!"易川竞和藤月对视一眼,都在彼此眼中看到了凝重。

两个人急急忙忙地赶回了藤月家——从泾川市回来后,藤月就把外套放在了自己的卧室里,还没来得及洗,八音模型就安静地躺在口袋里面,除了古琴模型下面的"烛镜"之外,其余七件模型的底部都有一些奇奇怪怪的符号,有的好像甲骨文,有的又像楔形文字。

易川竞白皙的面容仿佛覆上了一层寒冰:"如果没记错的话,这是古代乐谱的一种记录方式,八音乐器模型上的符号,应该是一首残曲……而这首曲子是什么,很明显,白石应该知道。"

藤月茫然地看向窗外,她的视线穿过郁郁葱葱的树间,落在繁华热闹的街道。人海茫茫,他们要去哪里寻找白石的踪影呢?

——本季完——

番 外

巨蟹蜜语·抓住自由不羁的风

东篱忘川是古风圈最负盛名的大神,他会编曲、演奏十几种乐器、好几个国家的语言……曾经有人在音乐会上当面质疑东篱忘川在撒谎炒作,于是他一口气将管弦乐队里的所有乐器都演奏了一遍,美妙的旋律和高超的技艺让在场所有人钦佩折服。因此,东篱忘川在社交平台上的人气又攀升了一大截。

然而,唯一让粉丝们觉得遗憾的是,东篱忘川每次出场都会戴着一个遮住大半张脸的银色面具,从没有人知道他面具之下的真正面目。因此,在网上也有人认为他是一个不敢露脸的丑八怪。

不过就在这天的直播中,这个秘密差一点点就被揭开了!

事情是这样的,易川竞这天有一个公益直播,恰好藤月也在他家,于是她目睹了他戴上银色面具,变身为东篱忘川而工作的样子。戴上面具后的易川竞,像是给自己穿上了一层厚厚的保护甲,收起面对藤月时的所有温柔,在镜头前展现出他才华横溢而又冷漠的一面。粉丝们早已习惯了他这个样子,依旧兴致昂扬地聊着天。

藤月坐在摄像头拍不到的地方,津津有味地看着直播网页中一条条弹幕评论飞过。

哎呀,大神今天也话这么少。

人家在编曲,谁工作的时候还忙着聊天啊?

东篱大神是什么星座的啊?我上次看他微博资料,好像写的巨蟹座?

哇哇哇!巨蟹座好啊!温柔又居家,和我们天蝎座是100%相配!

看到这里,原本安静不出声的藤月惊讶地朝易川竞做了个口型:"你是巨蟹座?"

易川竞挑挑眉,出声道:"是啊,你呢?"

东篱忘川的突然开口,让直播间的弹幕暂停了一瞬,几秒过后,弹幕猛地变得比之前多了一倍——

哇！大神在和别人说话，是谁这么幸运？竟然去了他家！

不管是哪位，我悬赏东篱大神的真实相貌，拜托了！重金悬赏噢！

别傻了，我赌五毛钱，能知道他真面目的一定是他的女朋友。

不信不信！我不相信！

　　藤月不敢发出声音，只能惊讶地朝易川竞无声比画道："你干吗在直播时突然和我说话？会露馅的！"

　　看着藤月急得指手画脚的模样，易川竞面具下丰润的唇微微扬起，他执着地问："你还没有回答我呢，你是什么星座？"

　　"射手。"看着直播弹幕刷得更加疯狂，藤月生怕易川竞搞出什么名堂，无可奈何地悄声回道。

　　听完藤月的回答，易川竞蓦地站起身来，在她猝不及防间，一把抓住她的手。顿时，女生纤细洁白的手出现在直播视频中。

啊啊！我看到了什么？东篱大神牵着一个女生的手！

不敢相信我的眼睛！这不科学！

　　藤月被易川竞这番举动惊呆了，她脑子一片空白。然而更加出乎她的意料的是，易川竞居然对着摄像头，做了一件更加令人震惊的事——他轻握住她的手，放在唇边轻轻一吻。

　　"大家好，我的女朋友是射手座，她无拘无束，像风一样自由。请大家多多告诉我一些经验，要怎么样才能留住自由而不羁的风。"